짧은 구절 긴 여운

이야기 소재와 말하기 지혜

지은이
전영우
1934년 서울에서 태어나 경복고를 거쳐 서울대 국어교육과를 졸업했다. 서울신문학원, 성균관대 석사과정, 중앙대 박사과정을 수료하고, 1989년 8월 성신여대에서 '한국 근대 토론사(討論史) 연구'로 문학박사 학위를 취득하였다. KBS 아나운서 실장, 수원대 인문대 학장, 명예 교수 역임. 『고등학교 화법』, 『방통대 국어화법』, 『국어화법론』, 『신국어화법론』, 『화법개설』, 『바른말 고운말』, 『표준 한국어발음 사전』, 『토의 토론과 회의』, 『짜임새 있는 연설』, 『한국 근대 토론사 연구』, 『느낌이 좋은 대화방법』 등을 집필했으며, 아리스토텔레스의 『아리스토텔레스의 레토릭』과 『니코마코스 윤리학』, 키케로의 『연설가에 대하여』 등을 번역하였다. 수상 이력으로는 서울특별시 문화상(1971) 언론 부문, 외솔상(1977) 실천 부문, 국민훈장 목련장(1982), 한국언론학회 언론상(1991) 방송 부문, 천원 교육상(2007) 학술연구 부문, 정부 문화포장(2017) 등이 있다.

짧은 구절 긴 여운
이야기 소재와 말하기 지혜

초판발행 2025년 9월 10일

지은이 전영우

펴낸이 박성모
펴낸곳 소명출판
출판등록 제1998-000017호
주소 서울시 서초구 사임당로14길 15 서광빌딩 2층
전화 02-585-7840
팩스 02-585-7848
이메일 somyungbooks@daum.net
홈페이지 www.somyong.co.kr

ISBN 979-11-7549-000-0 03800
정가 19,000원

ⓒ 전영우, 2025

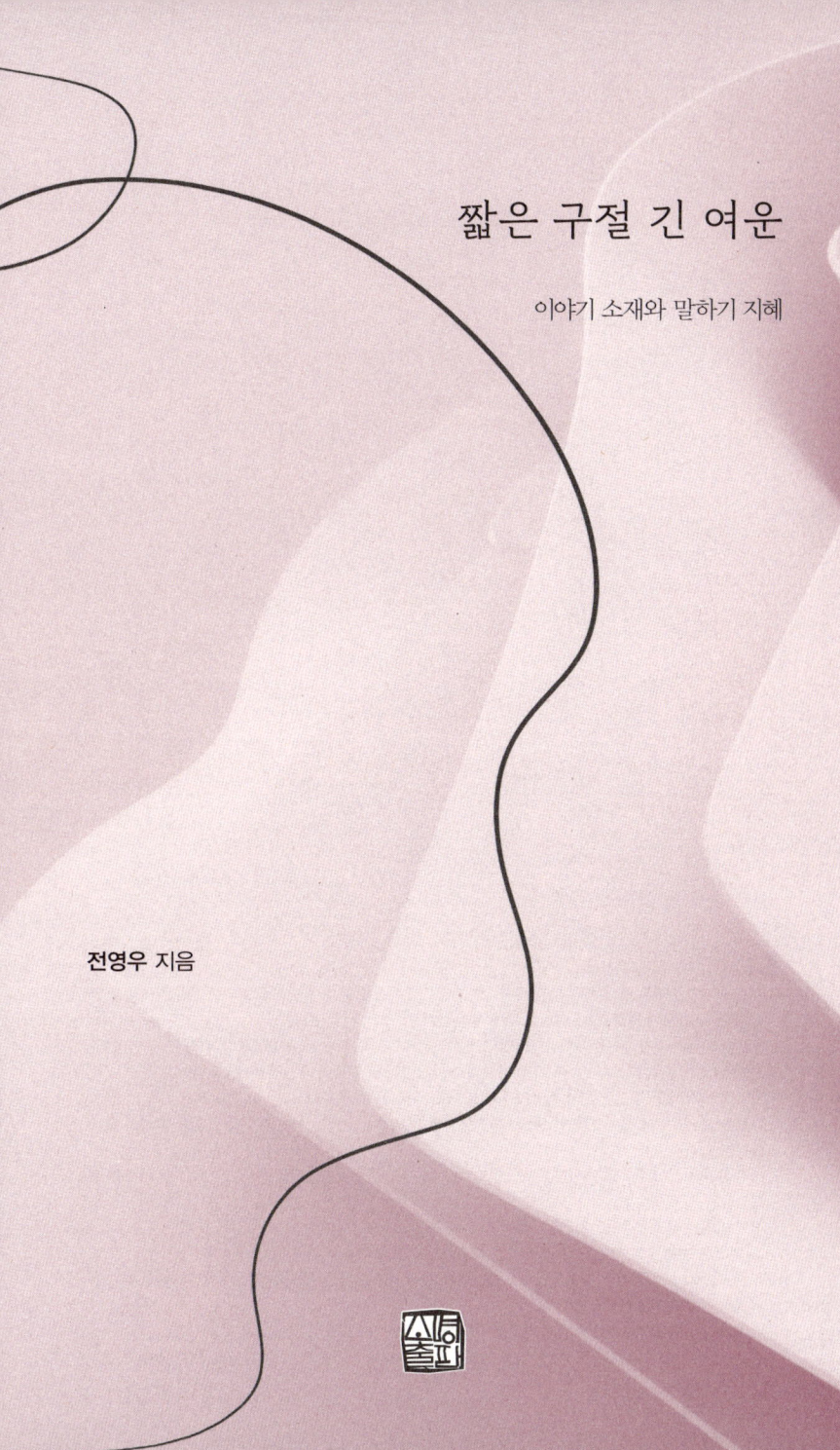

짧은 구절 긴 여운

이야기 소재와 말하기 지혜

전영우 지음

일러두기

1. 전반(前半)은 읽은 책의 독후감(讀後感) 모음이므로 순서를 따로 정하지 않았다. 그 대신 메모를 찾아 읽기 쉽게 하기 위해 '찾아보기'로 주요 항목(項目)만을 추려 놓았다.

2. 후반(後半)은 저자가 만든 책의 머리말 소개이므로 이것 역시 따로 순서를 정하지 않고 배열(配列) 소개했다. 다만 시리즈물이 아니므로 낱권의 머리말마다 다소 중복되는 부분이 없지 않다.

3. 가급적 저자 개인 중심의 순서 배열이라 따로 어떤 의미를 두지 않았다.

4. 자료 인용(引用)에 있어 가능한 대로 그 근거를 밝혀 보았지만 어떤 항목은 인용 근거를 밝히지 못한 부분도 있다.

5. 지은이의 저서(著書) 및 역서(譯書)도 어떤 기준에 따르지 못한 배열(配列)이므로 독자의 이해를 구한다.

6. 저자 임의로 자료를 찾고 배열한 구성이므로 독자로서 다소 불편한 점이 없지 않을 것이다.
   그 배경은 주로 강의 및 강연 준비에 따른 이유이므로 그 배경을 이해해 주기 바란다.
   부분적으로 독자가 이미 알고 있는 부분도 있을 것이지만 또 처음 대하는 자료가 없지 않을 것이다.
   적절히 자료를 활용해 주기 바란다.
   저자처럼 기업체(企業體) 출강의 기회를 가진 이들에게 특히 도움이 될 것으로 안다.
   이 저서가 각 종교 단체 지도자 여러분의 강론, 설교, 설법에 도움을 드릴 수 있다면 큰 다행이다.

저자는 60년 가까이 대학 및 기업체 강연에 출강하였다. 방송으로 출발해 대학 및 기업체 강연 출강까지 바쁜 일정을 소화했다. 맡겨진 내용은 물론 '스피치' 분야이다.

그동안 우리는, 국가 재건과 산업 발전에 기여하느라 여유가 없었지만 그래도 차분히 자세를 가다듬고 국제 조류潮流를 파악 분석하여 선진 여러 나라와 어깨를 겨루며 산업 발전의 원동력이 되는 각 기업체의 경영 개선 분야에도 큰 관심을 기울여왔다.

그 실질적인 보기가 바로 대학에 설치된 경영대학원 및 최고 경영자 과정의 개설이다. 이를 통하여 기업 및 산업체는 새로운 도약과 비약을 이루어 낼 수 있었다.

아마 초기 이 점에 착안한 교육 기관이 바로 고려高麗대학교 일 것이다. 이에 따라 경영대학원 설치와 함께 거의 동시에 최고 경영자 과정이 개설되자 각 기업체 임원任員들의 비상한 관심을 불러모았다.

미국에 유학, NYU에서 수학하고 귀국한 김동기金東基 교수가 이 방면에 선편先鞭을 친 것으로 안다.

당시, 김교수는 경영학 분야 전공교수 중 '커뮤니케이션 쪽'으로 실질적 관심을 돌리는 이가 드물다고 하고, 경영 분야에도 '스피치 커뮤니케이션'이 주요 관심 분야라고 공감을 표시함은 물론, 경영대학원장으로서 저자에게 출강을 요청해 온 것이다.

사실, 이보다 조금 앞서 저자는 '능률협회'와 '생산성 본부' 초청으로 출강하여 이미 각 기업 및 산업 분야 임원들에게 '스피치 커뮤니케이션' 강의를 맡아 한 바가 있다. 그 반응은 물론 좋았던 것으로 기억한다.

그 무렵, 이웃나라 일본은 이미 이 방면에 관심을 두고 큰 진전을 보이고 있었다. 저자는 급한대로 여기서 많은 자료를 얻고, 이에 미국 자료를 포함하여 내용을 잘 충실히 보강하고, 산업 훈련 강사 자리를 굳힐 수 있었다.

이때, 저자의 산업체 출강이 한참 고조高潮되어 갔다. 물론 경쟁자도 생겨났다. 그럴수록 외국도서와 새 자료資料를 입수하고, 저자는 가능한 대로 새로운 정보와 지식으로 '스피치' 출강에 한층 더 적극성을 띠게 되었다.

저자는 가능한 대로, 입수入手한 최신 정보 및 아이디어에 의존하여 출강에 대비하지 않을 수 없었다.

그당시, 저자著者에게 이처럼 많은 도움을 준 것이 바로 독서讀書이다. 여기서 새 아이템, 새 아이디어, 새 정보 등을 획득 및 소화하고, 산업체 출강에 만전을 기한 것이다.

이 자료에 비중을 두고 여기 부수되는 실례를 기초로 하여 본 저서本著書를 착수하기에 이르렀다.

그때마다 새로운 무엇이 없다면 누가 저자를 강사로 찾을 것인가? 새 정보, 새 아이디어, 새 자료, 등을 포착捕捉하여 출강에 대비하니 강연 초청이 쇄도殺到했음은 물론이다.

이 책의 편성은 전반前半이 저자가 읽은 책 가운데 메모해둔 공감共感 부분이고, 이에 기초를 두고 저자가 그동안 집필한 저서著書 '머리말'을 후반에 모아, 한 권의 새책으로 엮은 것이다. 따라서 책 제목도

자연스럽게 '짧은 구절句節, 긴 여운餘韻'이라 붙여 보았다. 그리고 덧붙여 부제副題를 '이야기 소재와 말하기'로 결정한 것이다.

그동안 저자에게 '국어 교육'을 눈 뜨게 해주신 경복고교景福高校 시절, 국어과목國語科目 은사恩師 이강래李康來 선생님과 김창현金彰顯 선생님의 가르침과 은혜를 저자는 잊지 못한다.

한편, 인사관리협회 오철구吳哲求 회장과 고려대 경영대학원 및 국제대학원 전 원장 김동기金東基 박사에게 고마운 뜻을 표한다.

2025년 저자 전영우全英雨 기록함

차례

제1부

이야기 소재

삶에 따른 지혜

*

생명의 환희歡喜라고 하면, 몸의 기쁨이 환歡이요, 마음의 기쁨이 희喜이다.

*

"내게 능력 주시는 자 안에서 내가 모든 것을 할 수 있느니라."「빌립보서」 4장 13절

"언제나 기뻐하고 쉬지 말고 기도하며 어떤 형편에서도 감사하라." 「데살로니가전서」 5장 16절

"그러므로 무엇이든지 남에게서 받고자 하는 대로 너희도 남을 대접하라. 이것이 율법이요 선지자이니라."「마태복음」 7장 12절

*

자공子貢이 묻기를, "일생을 통하여 실행하여야 할 한 가지 말씀이 있습니까? 공자 대답하기를, "그것은 용서할 서恕이다. 네가 하고자 하지 않는 것을 남에게 베풀지 마라."『논어』, 위령공 편

　대화를 통하여 즐거움을 맛볼 수 있는 사람이 드문 것은 누구나 상대가 말하는 것보다 자기가 말하고자 전념하기 때문이다.

　결코 지나치게 말하지 않을 것이며 필요이상으로 과장된 말이나 표현은 삼가야 한다.

　자기 의견이 이치에 맞으면 그것을 굽히지 않는 것이 중요하다. 그러나 이것을 고집하는 나머지 상대의 감정을 해하든가 상대방 말에 분개하든가 해서는 안된다.

　아는체 말하기보다 여유있게 태평한 태도로 청자 입장을 취하고 지나치게 말하지 않고 결코 뽐내서 말하지 않는다.

　인간의 선도 악도 정도를 지나치면 선善도 악惡도 없어진다.

✳

　기氣는 눈에 보이지 않는 작용을 한다.

　밝은 생기로 살자. 심기心氣를 단전丹田에 모으고 무슨 일이든 하늘에 맡기되 '감사하다', '재미있다', '기쁘다' 등으로 생기를 돋군다.

　성내는 일과 매사를 고통으로 생각하는 일은 쓰레기 중의 쓰레기이다.

✳

　마음을 대반석처럼 요지 부동의 것으로 놓아두되 기분은 아침 햇살처럼 힘있게 갖는다.

＊

양기를 발하면 금석金石도 뚫는다. 정신 일도면 하사何事 불성不成이냐.중국 주자학의 개조 주자(朱子)

＊

행복이든 고뇌이든 모두가 본인의 책임이다. 즐거운 것은 자기 행동의 원인으로 즐기는 것이요, 고뇌하는 것은 그것도 자기 행동의 원인으로 고뇌하는 것이다.초월 명상법, 마하리시 요오기

＊

어떤 경우라도 그것은 당신의 진보 발전을 위해 필요한 것이다. 사람은 매일의 공동 생활에서 여기 하나 저기 하나 자기의 모또를 실행해야 한다. 말과 행동을 통해 인격이 도야됨을 인식하라.에드가 케시, 영(靈)능력자, 1877~1945

＊

무슨 일이든 정도를 지나치지 않게 중용을 지키도록 한다. 그렇게하면 당신은 98세까지 살 수 있다. 그만큼 장생長生할 가치있는 생활을 하면 말이다. 그런데 당신은 남에게 줄 수 있는 무엇을 가지고 있는가?

줄 수 있는 것이 없다면 장생하여 남에게 폐를 끼치는 권리는 없을 것이다. 무엇인가 줄 수 있는 것을 가져라. 그러면 당신이 가치 있을 때까지 살 수 있을 것이다.지나 사미날, 미국 인류학 심리학의 권위자

*

속신俗信에 따르면, 호운好運 우직愚直 근기根氣가 성공의 3대 요소이다.

*

지혜智慧의 지는 선택, 혜는 판단이다.
지혜자는 올바른 판단이 가능한 인격자이다.실천 심리학

*

사람 행동의 성과는 행동에 관한 능력의 수준, 과제 달성에 기울이는 노력의 양, 과제의 곤란 정도, 행동 수행에 미치는 운세의 사정事情 등에 달려있다.

*

실패나 성공의 원인을 자기에게 스스로 돌리는 사람은 달성 욕구가 강한 사람이다.미국 심리학자, 이름 미상

자기 자랑은 다소 도움이 되지만, 자기 변호와 변명은 결코 그 사람을 향상시키지 못한다.

*

감정적인 것이 있다면 그것은 인간의 자랑pride과 수치심shame에 관계되는 것이다. 옛 말에 자랑이 심한 사람이야 말로 지혜자라고 일렀다.

*

젊은 사람에게 지위나 명예 재산은 없어도 미래는 있다.

*

나란 주체主體의 전방前方은 밝은 인식과 행동의 장場인 지적 공간로고스, 위 쪽은 신비적 공간미다스, 측면은 정적 공간파토스이고, 배후는 무無의 공간이 된다.

*

에티켓은 공감성이나 사회성이라는 인간능력의 표현이라 할 수 있다.

에티켓은 자기 합리화의 방편이 되면 안된다. 에티켓은 남을 공격하는 무기로 쓰이면 안된다.

*

만족만을 추구하면 스스로를 저버리게 된다.

*

일류一流, 나는 자신에 대하여 또는 자신의 능력에 대하여 남이 생각하는 이상의 자신과 신뢰감을 가지고 있기에 살아가고 있다.

*

　자신과 신뢰감이야말로 작은 지속적 노력에 의하여 보다 훌륭하게 느낄 수 있다.

*

　누구나 자기를 잘 점검하고 자기의 미래 목표를 상상, 그것을 향하여 노력을 계속 이어가면 일류의식에 도달할 수 있다. 나는 그것을 오늘도 계속 믿고 나아간다.

*

　호의의 연출에는 무의식 중에 멍청한 표정을 보인다는 것이다.

*

　공포감으로 설득하는 것은 안하는 편이 낫다.
　암 나이는 이미 30대에서 시작된다.
　당신의 간장이 울고 있다.
　뚱뚱한 것이 건강은 아니다.
　오늘 핸들을 잡은 당신은 내일의 모습일지 모른다.
　그것은 공포에서 피하려는 것보다 협박에서 피하려는 심리상태 때문이다.

＊

인텔리가 상대라면 결점 표시가 효과적이다. 포드 신차^{新車} 판매시, "도어의 손잡이가 약간 뒤로 처진 것이 한 가지 결점입니다".

＊

Juju 화장품에서 "25세 이하의 여성은 사용해서 안 됩니다".

＊

취미의 3대 조건은 ① 자기만의 주관적 즐거움이므로 남이 볼 때, 바보라도 좋은 것이다. ② 돈과는 거의 관계가 없다. 돈을 많이 쓰면 그만큼 즐겁다는 성질의 것은 아니다. ③ 비즈니스 곧 생계를 꾸려나가는 것과는 하등 관계가 없다.

＊

단절에서 벗어나려면 실패담의 연출이 필요하다.

＊

하버드 대학 발표 성공 비결, 성공은 의지에 좌우된다.

목표를 설정하라. 선정 목표가 자신에게 적합한가를 평가하라. 자신의 장점과 단점을 스스로 평가한다. 목표를 향하는 방법을 명확히 하고 열심히 노력한다. 계획한 일은 짜여진 시간 내에 반드시 처리한다. 장애물을 극복해야 한다. 일정한 틀에서 벗어나라. "나는 할 수 있다", "나는 했다"를 반복하고 그때마다 자신을 갖는다.

*

명심보감 고려 충렬왕 때 노당 추적 편찬, 중국 유교 및 학파 계층의 좋은 글과 좋은 말 모음

착한 일을 이어가라, 하늘의 뜻을 따르라, 타고난 분수를 지켜라, 효도를 잊지 마라, 자기를 바로 잡어라, 분수에 만족하라, 마음가짐을 조심하라, 성품을 조심하라, 학문을 힘쓰라, 자식을 훈계하라, 마음을 살펴보라, 가르침을 세우라, 정치를 하라, 집안을 다스려라, 의리를 지켜라, 예의를 지켜라, 말을 조심하라, 벗을 사귀라, 부녀의 행실을 지켜라.

*

노자의 『도덕경』, 대지大智 **대우**大愚

감히 천하의 앞장을 서지 마라.

공을 이루고 몸을 뺌은 하늘의 길. 천하의 골짜기가 되어 만 골이 모두 그 위를 흘러가게 버려두어라. 사람이 산 표적은 유柔한 것, 그가 죽은 즉, 뻣뻣해진다. 산천초목이 있은 즉 부드럽고, 죽은 즉 고갈枯渴한다. 그러므로 딱딱함은 죽은 무리, 유약柔弱은 산 무리, 천하의 유약한 것 중 물보다 더한 것이 없고 강경한 것이 없다.

*

참으로 오늘의 세상에서 아쉬운 것은 만사를 너그럽게 받아넘기고 남의 잘못을 대범하게 눈 감아주는, 바보 아니면서도 바보처럼 보이는 그 사람들의 존재이다.

＊

내훈內訓

이조 성종 소혜昭惠왕후 한씨가 열녀, 여교女敎, 명감, 소학 등에서 부녀자 교양에 알맞은 것을 골라 쓴 교훈서이다.

언행言行장

무릇 시선을 얼굴에만 기울이면 오만해지고, 허리띠에 두면 근심하는 것 같고, 너무 기울어지는 것은 간사해 지니라.

효친孝親장

시부모나 친부모 앞에서는 감히 딸꾹질 하거나 한숨 쉬거나 재채기하며 기침하며 하품하며 기지개 켜며 병신처럼 기대서거나 곁눈질하거나 해서는 안되며, 감히 침을 뱉거나 재채기를 하지 말 것이며, 추워도 감히 더 껴입지말며, 가려워도 긁지말며……

혼례婚禮장

안정호安定胡 선생이 이르기를, 딸을 시집보내되 반드시 내 집보다는 나은 집에 보낼 것이니 내 집보다 나으면 딸이 사람의 섬김을 반드시 공경하며 반드시 조심할지니라. 며느리를 얻되 반드시 내 집만 같지 못한 집에서 할 것이니 내 집만 같지 못하면 시부모 섬김이 반드시 며느리 도리를 잘 집행할지니라.

＊

공자 왈

아버지 잃은 집안의 맏아들을 취하지 말지니라.

여자의 7가지 내쫓김이 있으니,

첫째 부모에게 순종하지 않으면

둘째 아들을 낳지 않으면

셋째 음란하거든

넷째 질투하거든

다섯째 나쁜 질환이 있거든

여섯째 말이 많으면

일곱째 도벽盜癖이 있으면

개인이 성공하기 위한 정칙

성공이 무엇을 의미하는지를 잊지 않는다. 그것은 어떤 모험의 바람직한 종점이다.

어떤 바람이든 마음에 그릴 수 있다면 그것은 실현될 수 있는 것이라고 믿을 일이다.

생각의 주류를 이루는 사상이 잠재 의식의 바탕을 형성한다는 것을 명확히 해둔다.

마음 속에 현재, 잠재, 초월 의식이 있음을 명확히 이해할 것.

항상 효과적으로 행동하고 또 우선할 것을 우선한다는 마음가짐을 갖는다.

당신의 목적과 계획을 자세히 썼는가 또 그것을 음미하고 이미 성취한 성취감을 환기하는 것이 좋다.

모든 일의 지배자가 돼라.

성공 가능성은 성공을 수용하는 데 상응하는 능력에 비례한다. 그러므로 자신의 수입 용량을 높일 일이다.

자기 자신을 믿는다.

＊

창조적인 상상력을 구사하는 법

희망과 소망을 마음에 그려놓고 실현하는 기법을 복습한다.

심상心想을 그리는 기술을 이해한다. 그것은 단지 당신이 마음을 조정할 수 있는 기법이다.

이 기법을 끝까지 활용하면 필요할 때 자기의 성격 개선에 조금이나마 도움이 된다.

당신의 바람직한 상념을 지배한다.

항상 정당한 바람을 계속 마음속에 그려나간다.

자기 자신의 행복을 바라는 것처럼 남의 행복도 염원한다.

목표를 높게 갖는다.

＊

상상력에 눈을 뜨다실천을 위한 마음가짐

당신이 사는 세계를 당신이 소망하는 대로의 이상적 형태로 지금 여기 있다고 믿어 보는 일을 배운다.

성공을 위한 준비만을 한다. 절대로 실패를 예상하지 않는다.

당신은 자기주의력을 지배하는 것으로 인생에서 한층 많은 것을 수확할 수 있다.

눈에 보이지 않는 무한자無限者에게 모든 것을 의지한다.

기회를 이용한다. 그러나 남의 약점을 이용해서는 안된다.

인생의 기쁨을 거절하는 미망迷妄을 없애 버린다.

항상 의식을 확대한다.

*

마음의 긴장을 풀어가는 방법

- 소극적인 관념과 태도를 취하지 않는다.

- 감정의 응어리를 풀어버린다.

- 성 관련 감정의 성숙이 필요하다.

- 성 충동을 창조적 의욕으로 승화시킨다.

- 매일 철저하게 심신의 긴장 완화를 꾀한다.

- 긴장감의 해방은 정신 면에서 시작된다. 이 사실을 명확하게 파
  악한다.

*

불행한 과거사를 잊기 위하여

- 마음 속으로 과거사를 이상적 모습으로 바꾸어 묘사 재연再演하
  는 것으로 마음의 기억을 수정한다.

- 심호흡으로 감정의 응어리를 풀어버린다.

- 현재에 역점을 두는 것으로 과거를 잊는다.

- 감정, 사고, 행동의 3자를 올바른 방향으로 움직이게 조정한다.

- 단정히 앉아 창조 그 본원本源의 세계로 들어간다.
- 고요한 공간을 찾는다.
- 정신적 움직임과 호흡과의 상호 관계를 이해한다.
- 정신 통일을 분명히 하기 위하여 심령心靈 물리학적 기법을 시도한다.
- 자신의 바람직한 품성을 명상 그것을 자신의 것으로 삼는다.
- 참된 자기발견을 체험한다. 그리고 기쁨을 맛본다.

＊

"런던 안개는 시인이 그것을 노래하기까지 존재하지 않았다"영국 시인 오스카 와일드

"우리는 우리집 번창만을 위해 여기서 말한다."

"마음이 풍요로운 사람은 대담對談해 보아도 무엇인가 사람을 끌어들인다."

"인간이 희망을 가지고 연구하고 적극적으로 정력을 쓰면 보통 사람의 2배 또는 3배를 일해도 피로하지 않다."

우리는 항상 승리자의 자각을 도와주는 복장을 갖추지 않으면 안 된다 하고 가르친다. 왜냐하면 '나는 승리자'라는 자각이 마음에 깃들일 때만 비로서 우리의 성장이 괄목해지기 때문이다.

무엇보다 마음이므로 마음에 성공예감이 있으므로 인하여 그 사람은 성공하고, 마음에 승리 예감이 있으므로 그 사람은 승리하고 마음에 성장예감이 있어 그 사람은 마침내 크게 성장하는 것이다.

복장은 출연할 때의 기분을 돕는 한 요소가 되므로 경제적으로 성

공하려면 그때 어울리는 의상을 하고 인생 무대에 올라야 한다.

언젠가 나폴레옹 장군에게 말을 급히 몰아 전선에서 보고서를 휴대하고 한 전령이 온 적이 있다. 지나치게 말을 급히 몰았기 때문에 전령이 나폴레옹 처소에 닿자마자 곧 타고 온 말은 심장 마비로 숨지고 말았다.

나폴레옹은 일선 지휘관에게 보내는 답장을 부관에게 쓰도록 한 다음 역시 그 전령을 향하여 "이 말을 타고 전속력으로 이 답장을 가져가라" 하고 명령했다. 이 말은 바로 나폴레옹이 타는 비장의 명마였다. 놀란 전령은 나폴레옹 장군의 얼굴을 우러러보며, "각하 저는 일개 병졸에 지나지 않습니다. 각하의 말을 함부로 타면 벌을 받게 됩니다" 하고, 차려 자세로 응답했다. 그러자 나폴레옹은 "프랑스 군인에게 과도한 것은 어디에도 없다" 하고 일갈一喝했다.

*

톨스토이가 말한 것처럼 "보이지 않는 것만이 참된 존재"인 것이다.

*

아이들을 비판한다는 것은 최고의 파괴적 행위이다.

*

긍정적 강화 프로그램

종내 사내社内 훈련이 대부분 비판과 비평을 기본으로 한다는 사실을 인식했다. 그리고 이 세상에는 건설적 비판이란 있을 수 없다는 결론에 이르렀다. 비판과 비평은 자신이 보다 좋은 인간이라고 느끼게 하는 힘을 가지고 있지 않다.

✳

자기가 하는 행위의 90퍼센트는 자기가 중요한 인물임을 실감하고 싶은 욕망에서 움직인다.

✳

로마시대, 키케로는 "우리는 누구라도 칭찬에 의해 의욕이 고취된다".
왜 우리는 남을 칭찬하려고 하지 않을까? 왜 우리는 남을 칭찬하는 방법을 찾아내려고 하지 않는 것일까?
남에게 자주 사과하도록 한다.

✳

노하기를 더디하는 자는 크게 이해하는 자이니라. 『구약』, 「잠언」 14장 29절

✳

인간이 다른 사람의 이해를 구하며 또 이해를 갈구하는 심정은 꽃이 태양의 빛을 필요로 하는 만큼 절실한 것이다.

✳

남의 이야기에 귀를 기울여라. 그것은 바로 남을 사랑하는 길이 되기도 한다.

*

인간의 욕망은 애정·우정·소속감·로맨스·인식·즐거움·모험·
성장·놀이·기쁨·평온·자기만족·달성·성취·자기 특성의 실현화
등이다.

*

사람들이 두려워하는 것

위험, 질병이나 상해, 잘못된 결단을 내리는 일, 남의 반응, 실패,
자기의 사고나 행동의 결과, 예상치 못한 변화, 남의 웃음 거리, 남의
비판이나 거절, 안심할 수 없는 불안 등이다.

어떻든 공포심이 우리 불안의 최대 원인이다.

*

행복이 몰려온다

이것이 한 가지 사례이지만 무엇이든 바라는 것이 있다면 자연 사
람이 가지고 온다는 형편이 되는 것이다.

자기 자신의 심경이 바뀌고, 자기 자신의 마음이 행복을 끌어들이는
자석이 되면 자연스럽게 자기 자신 주변에 행복이 모여 오는 것이다.

*

마음의 묵념

나는 신의 아들이다. 내 마음에는 사랑이 충만하다. 나는 남을 미
워하지 않는다. 나는 남을 사랑하고 있다. 사랑은 사랑을 부른다. 그

러므로 그 역시 나를 사랑하지 않을 수 없을 것이다. 나는 그에게 깃든 신성神性을 이렇게 매일 비는 것이다.

＊

줄리어스 시저 Julius Caesar**의 말**

나는 왔노라. 나는 보았노라. 그리고 나는 정복했노라. 우리 군기軍旗가 펄럭이는 곳마다 오직 우리의 승리가 있을 뿐이다.

＊

전심 전력으로 한 가지 일에 주력할 때 반드시 성심誠心이 발현된다. 마음을 다하고 힘을 다하여 당신 자신 무한의 가능성을 믿는 것이다.

＊

머피Murphy**의 성공 법칙**

나와 내 아버지인 신은 한 몸이다. 나는 현재 이렇게 존재하고 나의 본질은 신 가운데 있다. 신은 존재하고 행동하고 신의 본질은 내 속에 있다.

신에게 진실인 것은 내게도 또한 진실인 것이다.

신은 질병에 감염되지 않을 뿐 아니라, 나 역시 질병에 감염되지 않는다.

건강은 나의 것이요, 기쁨도 평화도 나의 것이다. 그리고 내 기분은 상쾌하다.

박은식朴殷植의 '한국통사痛史' 서언緖言

옛 사람 이르기를 나라는 멸할 수 있으나 역사는 멸할 수 없다고 하였다. 대개 나라는 형형체이고 역사는 신정신이다. 지금 한국의 형은 허물어졌으나 신정신만이 독존할 수는 없는 것인가? 이것이 통사痛史를 저술하는 까닭이다.

✳

한국통사 결론

사史가 있음은 국혼國魂이 있음이다.

대개 국교, 국학, 국어, 국문, 국사는 혼魂에 속하는 것이요, 전곡, 군대, 성지, 함선, 기계는 혼에 속하는 것이다. 그런데 혼은 백魄에 따라서 죽고 사는 것이 아니다. 그러므로 국교, 국사가 망하지 않으면 그 나라는 망하지 않는다.

✳

조셉 머피Josep Murphy, 자기 암시와 잠재潛在 의식의 활용

사람이 마음 속으로 생각하는 바로 그것이 그 사람이다.

청춘의 비결은 사랑 기쁨 평화 웃음이다.

그의 마음 속에 기쁨이 충만하고 그의 마음 속에 어둠이 없다.

당신은 꼭 필요한 사람이다.

위대한 철학자, 과학자, 예술인 등 가운데는 인생 80을 넘어 자기 최고의 과업을 수행한 사람이 많다.

당신은 끝을 모르는 무한 생명의 아들이다. 당신은 영원한 것의 아들이다.

당신은 놀랍다.

*

『한국일보』1982년 1월 10일

「웃으면서 삽시다」

웃음은 시원한 청량제 일뿐만 아니라 마음의 안정과 평화 나아가 행복감마저 가져다준다.

웃음은 사람만이 갖는 특권이자 본능이다.

*

『동아일보』1982년 1월 25일

일일 연재물 「제3공화국」

누구는 박 대통령이 강한 성격이지만 의외로 심약한 일면을 가진 사람이라 회고하기도 한다.

그러나 이들의 공통된 의견은 박 대통령이 '인간학'에 대해서만은 놀랄 만한 어떤 경지에까지 도달했다는 것이다.

박 대통령이 김재순 당 대변인을 향해,

"김 대변인 개헌改憲을 어떻게 봐."

"저는 반대입니다. 해서는 안 됩니다." 두 사람은 한참 설전을 벌였다.

대화가 팽팽해지자 대통령은 애소조의 설득을 펴면서 김씨의 손을 꼭 쥐었다.

"나 한번만 더 하고 그 이상은 안 할 테야 다음에 종필鍾泌이한테 넘겨줄 꺼야 도와줘."

"그리고 또 하신다면 어떻게 하시겠습니까?"

"그러면 내 성을 갈겠어'"

"좋습니다. 각하 나 오늘 술 좀 먹겠습니다."

＊

김동길金東吉 전 연세대 교수

내가 오늘 비관하는 것은 내일 낙관할 수 있기 위해서이다.

내가 오늘 절망하는 것은 내일 희망을 되찾아 갖기 위해서다.

죽음을 이미 각오한 사람은 두려움이 없는 법이다.

＊

한완상韓完相 전 서울대 교수

『새벽을 만드는 사람들』

우리는 절망에 절망하지 말고 희망에 안주해서는 안될 것이다.

원래 괴로움과 외로움은 서로 나누어 가지면 줄어들기 마련이고

행복과 영광은 서로 나누어 가지면 커지게 마련이다.

가난은 미워하되 가난한 사람은 돌봐야 하고

가난은 물리쳐야 하되 가난한 사람은 사랑해야 한다.

머피Murphy**의 황금률**黃金律

어떤 일이든 플러스 사고로 처리할 일이다.

결코 파괴적 절망적 비관적으로 생각하지 않을 일이다.

무엇이든 자기 자신만은 잘 되게 되어 있다고 생각하는 것이 좋다.

인생은 단지 한 가지 사실로 밝게도 또는 어둡게도 된다.

자신이 어느 쪽을 택하는가에 달려있다.

모든 것은 자신의 선택 여하에 달려있다.

＊

안병욱安秉煜 **교수 대표 에세이**

『처음을 위하여 마지막을 위하여』

'공수래空手來 공수거空手去'는 인간으로서 부끄러운 일이다.

공자는 횡橫으로 인간관계를 강조하고, 그리스도는 종縱으로 신과
의 관계를 역설했다.

그러나 석가는 나 자신 속에서 빛과 힘을 찾았다.

그리스도는 스스로를 "Via Veritas Vita" 나는 길이요 진리요 생명
이라고 말했다.

＊

성공 철학 Napoleon Hill

성공자라 불리는 사람들은 처음 꿈을 그리고, 희망을 갖고, 원념願
念을 불태우고, 계획을 세운 사람들이다.

신념과 사랑과 섹스는 인간의 모든 감정 중에서도 가장 강력한 충동을 수반한다. 이것이 동시에 작용, 선명한 사고와 연결될 때, 잠재의식은 충격을 받아 믿을 수 없을 만큼 강력한 파워를 발휘하게 된다.

신념은 자기 암시에 의해 만들어지는 마음의 상태이다.

기적은 신념의 힘에서만 일어나는 것이다.

우리의 부에 한계가 있는 것은 우리의 원망顧望에 한계가 있기 때문이다.

역경에는 반드시 보다 더 큰 보수의 씨앗이 감춰져 있는 것이다.

교육은 라틴어Educo에서 온 말이다. '인출한다'는 의미를 갖는다.

인간 내부에 있는 능력과 재능을 인출 확충해 나간다는 의미이다.

병세, 아무리 성공했어도 건강하지 않으면 행복할 수 없다.

그런데 모든 병세의 큰 원인은 자기 관리의 결함에서 찾을 수 있다는데 우선 주목할 필요가 있다.

가령, 폭음과 폭식, 부정적 사고의 습관, 성 생활에 관한 지식의 결핍 또는 과도, 운동 부족, 나쁜 호흡법에 의한 신선한 공기의 결핍.

부富를 쌓고 그것을 합법적으로 소유할 수 있는 한 가지 방법은 남에게 유익한 봉사를 제공하는 길 뿐 이다.

섹스 에너지의 올바른 사용법을 알지 않으면 안된다.

남성이 위대해지려면 반드시 여성의 사랑이 필요한 것이다.

섹스에는 3가지 건설적인 역할이 있다.

첫째, 인류의 영속, 둘째, 건강의 유지, 치료 의학적으로 이 이상의 것이 없다. 셋째, 평범한 사람을 천재로 전환시킨다.

성 충동의 전환은 간단히 말하여 '성은 육체적인 것에 불과하다는

생각을 바꿔 성은 별도 에너지로 활용된다는 사실을 이해하면 좋다.'

위대한 성공을 거둔 사람들은 모두 강한 섹스 에너지의 보유자였다. 그리고 나아가 성 충동을 전환하는 기술을 배우고 익힌 사람들이다.

막대한 재산을 모은 사람들이나 문학 예술 산업 건축 등 각 분야에서 항간巷間의 인정을 받은 사람들은 모두 여성의 영향으로 동기가 부여된 것이다.

마음을 자극하는 것들

성, 애정, 명성, 권력, 돈에 대한 불타는 원망願望

음악, 우정, 조화의 정신으로 결합된 협력자.

사회적 박해, 자기 암시, 공포 등 이상은 자연스럽고 건설적인 것이지만 마약과 알코올은 파괴적인 것이다.

섹스로 대성공을 거둔 사람은 조지 워싱턴, 토마스 제퍼슨, 나폴레옹 뽀나빠르트, 윌리엄 셰익스피어, 아브라함 링컨, 우드로우 윌슨, 랄프 왈도 에머슨, 엔리코 카루소 등이다. 다만 섹스에 강한 사람이 모두 천재라고 오해하면 안된다.

로맨스, 섹스, 사랑이 결합되면 우리는 창조력이라는 사다리 최상단에 오를 수가 있다.

인간은 누구나 보이지 않는 힘에 의하여 지배되고 있다. 인간은 누구나 보이지 않고 만져볼 수 없는 어떤 힘으로 조종되고 있음을 알아야 한다.

＊

"How To stop Worrying and start living" Dale Carnegie

인간의 인과因果 응보應報라고 하는 고뇌를 극복하여 새로운 생활의 행복을 찾고자 염원하는 사람들을 위하여 이 책을 바친다.머리말 중에서

매일 아침, 나는 오늘은 새로운 인생이다. 하고, 혼자서 다짐하곤 한다.

최악에 직면하라.

최악을 보다 좋게 개선하라.

＊

고뇌에 대하여 알아야 하는 기본적 사실

- 만약 고뇌를 피하고 싶거든 윌리엄 오스라 경이 한 대로 실행하라. 즉, 오늘에 산다는 것. 취침 시까지 다만 그날의 생활을 할 것.
- 고뇌에 휩싸이면 일스 캐리어의 마술적 공식을 쓴다.

  자문한다. "만약 문제 해결이 불가능할 때 최악의 사태는 무엇인가?" 부득이하면 최악에 대한 대비를 해둔다.
- 이미 닥친 최악을 조금이라도 덜도록 노력한다.

  건강에서 고려될 것이 고뇌에 지불되는 대상代償이다. 고뇌와 싸우는 모든 것을 모르면 실업가實業家는 단명한다.

그러므로 나는 다음 4단계를 거치는 것으로 고뇌의 9할 가량을 감소시킬 수 있다.

- 고통 당하는 사항을 상세히 적는다.
- 그것에 대해 내가 할 수 있는 것을 써 본다.
- 해야 할 일을 정한다.
- 그 판단을 즉각 실천으로 옮긴다.

바빠야 한다. 고뇌 속의 인간은 일하는데 몰두하지 않으면 안된다. 그렇지 않으면 위축되고 만다.

잊어야 할 세부적 일은 곧 잊도록 한다.
기록을 찾아보고 평균율에 따른다.
불가피하면 협력한다.
고뇌에 손실 정지 주문을 한다.
과거사는 그것으로 묻어둔다.

우리의 인생은 우리 사고로 좌우된다.
쾌활하게 생각하고 행동하면 유쾌하게 느껴진다.

감사의 염念은 교양의 결실이다. 거친 사람들 사이에는 찾아보기 어렵다.

인간이 감사를 잊는 것은 자연스러운 이치이다. 그러므로 감사를 기대하여 애태우는 것은 어리석다.

이상인은 남에게 친절 베푸는 일에 기쁨을 느끼지만 남의 친절을 받을 때는 부끄럽게 생각한다. 왜냐하면 친절을 베푸는 일은 우월의 표시요, 그것을 받는 것은 열등의 표시이기 때문이다.

우리는 이미 가진 것에 대하여 귀하게 생각하지 않고 항상 갖지 않은 것을 생각한다.

자기가 갖고 있지 않은 것에 대한 고뇌를 멈추는 대신 자기가 가지고 있는 것에 만족함으로써 행복해지는 것을 배우자.
요컨대 환희, 행복, 건강의 사상이다.

고뇌를 셈하지 말고 축복받은 일을 셈하라.

*

에머슨은 '자신'이란 논문에서 이렇게 말했다.
"모든 사람의 교육에 다음의 확신에 도달하는 시기가 있다.
곧 질투, 무지, 모방은 자살이다.
좋든 싫든 자기를 주어진 운명으로 보고 광대한 우주에는 좋은 것이 충만하나 그에게 주어지는 곡물은 그에게 주어진 넓지 않은 토지에서 그의 노력으로 거두어지는 이외는 없다는 것을."
두 사람의 죄수가 교도소 감방에서 창문을 통하여 밖을 내다보았다.
한 사람은 진흙탕을, 다른 사람은 별을 보았다.
마이너스를 플러스로 바꾸는 힘!

*

니체의 초인超人에 관한 법칙에는 '궁핍을 견딜 뿐 아니라 그것을 사랑하는 것이 초인이다'.

성공자의 경력을 연구하면 할수록 다음 사실을 확신하게 된다.

사실 다수의 사람들은 핸디캡을 가진 때문에 성공하고 있다.

그것이 노력과 성공에의 자극제가 된 것이다.

*

윌리엄 제임스에 따르면,

"우리 약점이 의외로 우리를 돕는다."

그렇다. 밀튼은 맹목盲目이었으나 보다 훌륭한 시를 썼고, 베토벤은 농아聾啞였으나 보다 훌륭한 음악을 만들었다. 헬렌켈러의 빛나는 생애는 맹인, 농아로 자극 받아 가능했는지 모른다.

만약 차이코프스키가 의기가 저상沮喪하고 그의 비극적 결혼에 의하여 자살 직전까지 가지 않았다면, 만약 그의 생활이 슬픈 것이 아니었다면, 그는 불후不朽의 명작 교향곡 '비창悲愴'을 작곡하지 못했을 것이다.

만약 도스토옙스키나 톨스토이가 고난의 생활을 하지 않았다면 그들은 아마 저 불후不朽의 명작을 쓰지 못했을 것이다.

동서 고금을 통하여 가장 심원한 도덕적 발견은 그리스도가 한 다음 말이다.

"생명을 얻는 자는 이것을 잃고, 우리를 위하여 생명을 잃는 자는 이것을 얻는다."

＊

"남에게 흥미를 갖는 것으로 자기를 잊으라."

매일 몇 사람 얼굴이 미소를 머금게 선행을 하라.

＊

윌리엄 제임스가 미국 하버드 대학 철학 교수일 때, 그는 "고뇌에 대한 최대의 양약은 종교적 신앙이다"라고 말했다.

프란시스 베이컨이 오래 전에 "천박한 철학은 사람의 마음을 무신론으로 기울게 하고, 심원한 철학은 사람 마음을 종교로 이끈다"고 말했다.

＊

쇼펜하우어는 "천박한 사람은 위인의 어리석은 결점이나 어리석은 행위에 기쁨을 느낀다".

＊

『스위스인의 지혜』Lorenz Stucki

위험을 두려워하는 마음은 위험 그 자체보다도 언제나 더 크기 때문에 보험회사는 대체로 번창했다.

공업 발전의 초기 단계에서는 성공을 위한 절대 조건이 위험을 무릅쓰는 용기, 적극성, 창조성, 약간의 무책임 등에 있었다.

호텔은 가정이고 직장이고 오락 시설이고 여행중의 중계지이며 때로는 예술품을 수집한 사원이며 집회소 이기도 하다.

호텔은 큰 세계의 일부이면서도 때로 호텔 자체가 그대로 세계가 되는 수가 있다. 이 작은 세계를 주관하는 호텔 지배인은 프록 코트로 몸을 둘러싼 왕국의 집사장, 경리인, 영양사, 정치가, 법률가, 고해 신부의 역할을 모두 할 줄 알아야 하며 다만 일을 처리함에는 가능한 한 신중해야 한다.

탁월한 품질이야 말로 스위스의 경제를 지탱하는 것이며 이 품질의 탁월성이 없이는 스위스 상품은 오늘날의 국제 경쟁력을 갖추지 못했을 것이다.

그러나 서비스업인 호텔은 누구나가 평소에 익숙해 있는 식사 서비스, 실내 장식, 사람들과의 접촉 등을 통해서 능력이 어떻게 발휘되고 얼마나 잘 손님에게 만족을 줄 수 있느냐에 따라 판단 기준이 서게 된다.

＊

『사랑과 지혜 그리고 창조』^{안병욱 교수}

프로이드에 의하면 인간의 성격은 id와 ego와 superego로 이루어진다. 이드는 본능과 충동의 근원지이다. 프로이드는 이것을 libido라 했고, 이것은 특히 성적 충동력을 가리킨다. 이드는 ‘쾌감 법칙’에 따라 행동한다. 에고는 현실 법칙에 지배된다. 슈퍼 에고는 양심적 자아, 이상적 자아이다.

철인 스피노자는 "비웃지도 말고 슬퍼하지도 말고 미워하지도 말고 오직 이해하여라".

아리스토텔레스는 "인간은 이성적 동물이요, 사회적 동물이다".

안병욱은 "신앙은 논리적 이성이나 지식의 세계가 아니다. 주체적 결단과 확신의 행동이다".

신은 죽었다고 하는 니체의 무신론은 기독교적 인간관에 정면으로 도전한다.

*

'열반'은 범어로 니르바나이다. 니르바나는 '꺼졌다'는 뜻이다. 탐貪진瞋치癡 번뇌의 불길이 다 꺼진 상태이다. 평안과 자유의 심경이 된다.

"죄는 미워해도 죄인은 미워하지 말라"고 그리스도는 가르쳤다. 그것은 참으로 어려운 일이다.

로마 철인 키케로가 말했다. "운명은 강자한테는 약하고 약자한테는 강하다."

루터는 말했다. "희망은 강한 용기요, 새로운 의지이다."

인간은 3대 충동을 갖는다. 소유욕, 향락, 창조력이다.

문호 셰익스피어 말하기를, "세계는 무대요, 인생은 배우이다."

춘원은 역할주의를 역설했다.

지위, 역할, 인정, 보람, 행복, 이것이 인생의 한 공식이다.

은殷 나라 임금이 세수 대야에 '일일日日신新' 세 글자를 새겼다.

불교 화엄경에 '일체유심조一切唯心造'라 했다.

플라톤은 "인간 최대의 승리는 '내가 나를 이기는 것'이라 하였다.

보람의 추구는 목표, 성취, 남의 칭찬이라고 했다.

삼화三和의 원리는 심화心和, 가화家和, 인화人和라고 말했다.

생명, 건강, 항산恒産이 항심恒心, 식색食色, 권력 의지, 명예욕, 진리애, veritas lux mea, 진리는 나의 빛이다.

미 의식, 선 의식, 신앙 의지, 직업애職業愛 등이다.

그리스 인은 사랑을 그 대상에 따라 3가지로 나누어 생각했다.

첫째, 신과 인간의 사랑, 종교적 사랑agape, 남녀 간의 사랑eros, 인간의 우정philia 등으로 나누었다.

기독교에서는 사랑, 불교에서는 자비慈悲, 자는 깊은 친애의 정, 비는 슬픔 및 동정, 그리고 자는 기쁨을 주는 것이요, 비는 고를 제거하는 것이다. 유교에서는 인이다. 인은 애인이라고 공자는 말했다. 그런데 사랑은 인간의 알파요 오메가이다.

현대의 탁월한 문명 비평가인 동시에 정신 분석학자인 E. Fromm은 1956년 출간 *The Art of Loving*에서 사랑의 5가지 속성을 이렇게 말했다.

- 관심을 갖는 것.
- 존중하는 것.
- 책임감을 갖는 것.
- 이해하는 것.
- 아낌없이 주는 것.

*

서양 격언에 이르기를,

바다로 갈 때는 한번, 전쟁에 나갈 때는 두 번, 결혼 예식장으로 나갈 때는 세번 기도하라.

덴마크 격언

"귀머거리 남편과 장님 아내는 행복한 부부이다."

"행복은 운명과 노력의 교향악이다."

＊

링컨 말하기를, "사람은 자기가 생각한 만큼 행복해질 수 있다".

＊

인간은 본능 이외에 사랑, 진리, 신앙, 미美 등을 추구하는 문화적 정신적 욕망을 갖는다.

행복감을 떠나서 행복의 실체는 존재하지 않는다.

행복해지려면 두 가지 길이 있다. 욕망을 줄이거나 소유물을 늘리거나 하면 된다. 그 어느 것도 좋다.^{벤자민 프랭클린}

＊

동양 문명은 지족知足의 문명이요, 서양 문명은 부지족의 문명이다.

중국 호적(胡適)

＊

쾌락이 그리스어로 헤도네, 향락은 인간을 천하게 만든다.^{괴테의 파우스트}

외계의 영향을 받고 생기는 감정이 파토스이다.

소크라테스 말하기를, 혼의 탐구가 없는 생활은 인간다운 가치가 없는 생활이다.

소크라테스 말하기를, 부에서 덕이 생기는 것이 아니라, 덕에서 부와 복이 생긴다.

플라톤 말하기를, 저마다 자기 직분을 감당하고 남을 침해하지 않는 것이 좋다.

아리스토텔레스 말하기를, 스승은 귀하다. 그러나 진리는 더욱 귀하다.

아리스토텔레스 말하기를, 인간 생활을 3단계로 나눈다.

첫째, 향락적 생활, 둘째, 정치적 생활, 셋째, 이상적 생활.

✳

파스칼의 명상록 『팡세』에 따르면, 신 없이 살아가는 인간의 비참과 신을 의지하며 살아가는 인간의 행복을 밝히고 있다. 그리고 파스칼에 따르면, 인간의 생生에는 3가지 질서가 있다.

신체의 질서, 정신의 질서, 사랑의 질서가 그것이다.

✳

괴테의 처세훈處世訓

즐거운 생활을 하고 싶거든 지나간 일을 공연히 염려하지 말 것, 좀처럼 해서는 성을 내지 말 것, 언제나 현재를 즐길 것, 특히 사람을 미워하지 말 것, 그리고 미래를 신에게 맡길 것.

＊

성 프란체스코의 평화를 갈구하는 기도祈禱

나를 당신의 도구로 써 주소서.

미움이 있는 곳에 사랑을

다툼이 있는 곳에 용서를

분열이 있는 곳에 일치를

의혹이 있는 곳에 신앙을

그릇됨이 있는 곳에 진리를

절망이 있는 곳에 희망을

어둠에 빛을

슬픔이 있는 곳에 기쁨을

가져오는 자가 되게 하소서.

위로 받기보다는 위로하고,

이해 받기보다는 이해하며

사랑받기보다는 사랑하게 하여 주소서.

우리는 줌으로써 받고,

용서함으로써 용서받으며,

자기를 버리고 죽음으로써 영생을 얻기 때문입니다.

＊

예수의 산상수훈垂訓

마음이 가난한 자는 복이 있나니 천국이 저들의 것이요,

애통하는 자는 복이 있나니 저들이 위로함을 받을 것이요,

온유한 자는 복이 있나니 저들이 땅을 유업으로 얻을 것이요,

의義를 사모하기를 주리고 목마른 것 같이 하는 자는 복이 있나니

저들이 만족함을 얻을 것이요,

긍휼히 여기는 자는 복이 있나니

저들이 긍휼히 여김을 받을 것이요,

마음이 깨끗한 자는 복이 있는 자는

저들이 하느님을 볼 것이요,

화목하게 하는 자는 복이 있나니

저들이 하나님의 아들이라 일컬음을 받을 것이요,

의義를 위하여 핍박을 받는 자는 복이 있나니

천국이 저들의 것이니라.

*

안병욱 교수의 맺음말

지혜와 사랑과 창조 이 3가지의 욕구가 충족될 때

우리는 진정한 행복감을 느낀다.

이것이 내 행복론幸福論의 결론이다.

*

독일 시인 실러

위대한 정신은 조용히 인내한다. 인고忍苦, 인분忍忿, 인욕忍辱한다.

*

로마의 키케로

관대하지 못하면 적이 생기고 고독에 빠진다.

장수를 원하거든 중용中庸의 길을 걸어라.

*

세상에 일생일사一事처럼 무서운 것이 없다.

일생 동안 오로지 한 가지 일에 온 정성을 쏟을 때

반드시 위대한 업적이 이루어진다.

*

러시아 철학자 솔로비요프의 말

인격은 3가지 특이한 감정을 갖는다.

수치, 연민, 경건.

*

괴테는 말했다

사람을 감동시키는 것은 가슴 속에서 솟구치는 말씀이다.

*

성자 간디가 말했다

진리에 대한 충성은 모든 충성에 앞선다.

✱

안병욱 교수는 말했다

인생이란 무엇이냐?

창조적 자기 표현이요 최고의 자아 완성이다.

내가 나의 생명을 참되고 아름답고 위대하게 가꾸고 완성하려는
노력의 과정이다.

그것이 사는 길이다.

✱

존 록펠러, 인생의 지혜

전례 없는 거부, 전례 없는 기부, 97세의 장수, 유연성과 특유의 낮
잠, 대학을 나오지 않았다.

1초에 100달러씩 벌고, 주일학교에 관계했다.

✱

적극적 사고의 힘

자신을 믿고 적극적이고 낙관적으로 더욱이 꼭 성공한다는 확신
으로 매사에 당하는 사람은 꼭 그렇게 되는 상황을 맞는다.

그는 자기 자신의 주위에 우주의 창조적인 힘을 끌어들인다.

✱

『적극적 사고방식』Norman Vincent Peale

나는 항상 주님이 인도하고 있다고 믿는다.

나는 항상 나아가는 방향이 틀림없다.

나는 신이 길 없는 곳에 길을 터주심을 믿는다.

1. 개성을 행동으로

- 한다는 의지는 영양과 같다. 매일 적당량을 계속 섭취한다.

- 지금껏 써보지 못한 힘이 개성에 감춰져 있다. 그것을 발휘한다.

- 인생 Life 중앙에는 if가 있다. 이 변하기 쉬운 불확실성의 if를 확실히 컨트롤 한다.

- 자기의 고유하고 강력한 개성의 힘을 믿고 받아들이고 확신하라.

- 놀랍고 창조적인 '신념의 마술'을 행동하라.

- 자기가 되고 싶은 자기를 그리고 상상화하라.

- 당신에게 변화의 기적은 항상 가능하다고 믿는다. 실제 지금 기적이 일어나고 있음을 믿는다.

- 적극적 원리에 새삼 모든 것을 맡긴다. 그리고 그것을 지속하는 원리를 터득한다.

2. 불가능이란 말을 고쳐 본다.

- 불가능에서 불을 삭제하고 다이나믹 한 말, 가능을 뚜렷이 남긴다.

- 곤란한 상황에서는 가능한 최선을 다하고 다음은 신에게 맡긴다.

- 두 번 다시 불가능을 되뇌이지 말라.

- 적극적 원리가능의 원리를 실천하라. 신앙이 있으면 불가능은 없다.

- 위기에 임하여 불굴의 신앙을 간직하라.

- 인간에 상응한 것은 인간에 의하여 달성된다고 생각한다.

- 전혀 불가능한 일을 하는 전문가가 되라.
- 불가능을 직시하고 고쳐보는 것으로 우리는 의기를 지속한다.

3. 당신을 주저앉히는 것은 아무것도 없다.

- 큰 불행을 처리하는 능력이 자기에게 있다고 생각한다. 작은 초조나 불만에 꺾이지 않게 자기를 지탱한다.
- 의기가 저상沮喪한 때는 늘 그렇게 심하지 않다고 생각한다. 그리고 신의 사랑이 있음을 잊지 않는다.
- 당신 마음 속에 거인이 있음을 안다.
- 신의 도움으로 믿을 수 없는 일을 이룬다는 사실을 결코 의심하지 않는다.
- 결코 하향으로 생각지 말고 상향으로 생각한다.
- 문제를 신에게 맡긴다. 신은 당신 일을 배려하고 해결해 준다.

4. 자기 반복의 정렬로 마음에 불을 붙인다.

- 풍부한 인생의 약속을 진실로 받아들인 구십 세 부인의 원천을 알라.
- 자기 스스로 나이 먹는다든가 나이 먹어간다는 생각을 하지 말라. 누가 말하듯 그것은 시간이 지나는 것에 불과하다.
- 언제나 지금을 젊게 살자.
- 당신에게 필요한 정렬은 모두 당신 속에 있음을 잊지 말라. 그것을 활용하라. 당신 의기를 불러일으키기 위해.
- 정열적 사고를 실천하라. 당신 사고를 정열 쪽으로 돌려라.

- 마치 정열이 있는 것처럼 행동하라. 정열이 있다고 믿어라. 그러면 당신은 정열적으로 된다.
- 기약한 기분이 정열을 해치지 않게 하라. 정열적으로 적극적 원리를 계속 적용해 나가는 당신 수완에 떨어지지 않는 것은 없다.
- 정열을 강력히 견지하는 것으로 곤란한 정황의 고통을 부드럽게 하라. 그렇게 하기가 어렵더라도.
- 어떤 장애가 있든 매사는 멋지다. 멋지다고 말할 수 있게 되도록 마음가짐을 가져라. 사실 멋지다 하고 생각하는 마음가짐에 의하여 장애를 제거해 나갈 수 있는 것이다.
- 정열을 믿으라, 믿으라.

5. 지치고 그늘진 생각을 버리고 생동감이 감돌게 하라.
- 오래되고 불건전한 생각을 힘있게 일소하고 영원히 잊어버려라.
- 매일 밤 포켓을 비우는 것처럼 당신 마음에서 불행한 생각을 깨끗이 지워버려라.
- 마음 속 깊은 데까지 새롭게 하라.
- 남에게 친절히 하라. 의도적인 실천만큼 그늘진 생각을 없애주는 것도 없다.
- 악마와 같은 불안, 열등감, 같은 것을 없애 버리라.

6. 당신의 인생을 바꾸는 마법의 말.
- 당신 인생을 바꾸는 말 중에 가장 힘 있는 것은, "나는 그리스도에 의하여 모든 것을 이룰 수 있다" 하는 마법의 말이다.

- 이 마법의 말은 어떤 좌절에도 굴하지 않는 힘을 준다.
- 자기에게는 기구祈求하는 말이 없다고 결코 말하지 말라. 당신에게는 곤란을 극복하는 기원이 분명히 있다.
- 신에게 마음을 맡기는 정신적 위탁은 변하는 자를 위한 것이 아니라 전진하는 자를 위하여 있는 것이다.
- 자신과 자기 신뢰는 인생을 바꾸는 마법 같은 말의 부산물이다.
- 당신의 열등감을 자신에 의해 지워버리라.
- 위기에 처하면 인생을 바꾸는 마법의 말에 맡겨라. 무엇이든 제거해 주리라.
- 위험에 직면한 당신은 항상 신의 지켜 주심이 있다.
- 당신을 결코 지게 하지 않는 신앙에 의지하며 생활하라.

7. 노력을 계속하면 놀라운 결과가 발생한다.
- 해보기 전까지는 자기에게 무엇이 가능한지는 아무도 모른다.
- 끈기 있게 달라붙어 일을 지속한다.
- 상상력의 놀라운 힘을 이미지 한다는 창조적 테크닉을 지속해 효과를 높이는 데 쓴다.
- 기원, 그림, 힘내기 등을 실현하라.
- 목표를 그림으로 그려라.
- 릴렉스 하며 노력하는 원리가 몸에 붙기까지 훈련하라
- 노력이 당신 힘을 잃을 때는 기분을 전환하고 긴장을 이완하라.
- 신의 도움을 받도록 노력하라. 전문가는 이 방법을 쓴다.
- 항상 적극적인 원리를 지속시켜라.

8. 의기가 전도順倒할 때는 그 상황에 어떻게 창조적으로 대처하나?

- 누구나 좋은 뉴스를 가지고 있다.

- 매일 신의 도움과 인도로 나는 의기가 꺾이는 장면에 창조적인 결과를 가져온다고 확신한다.

- 긴박한 상황에서는 결코 당황하지 말고 언제나 냉정冷靜하라.

- 항상 누군가가 당신 곁에 있음을 기억한다.

- 결코 감정적으로 판단해서는 안된다. 감정을 억제하고 객관적으로 생각한다.

- 비판에 대하여 결코 감정적으로 움직이지 않는다. 자기를 돌아보고 비판이 정당한가의 여부를 판단한다. 만약 비판이 옳으면 자신을 바로잡는다. 정당하지 못하면 자기대로의 길로 전진한다.

- 어떤 문제이든 반드시 해답과 해결책이 있다. 당신은 그것을 찾을 수 있다고 확신한다. 사실 당신은 그 답을 찾고 있는 중이다.

- 슬픔에 잠길 때에는 신의 사랑을 생각, 결코 잊지 않는다. 신은 항상 그리고 확실히 당신을 지켜보고 있다.

✽

필립에의 서편지

저를 강하게 해 주시는 그리스도에 의하여 저는 무엇이든 할 수 있습니다.

*

곤란에 대처하는 9개 항의 지혜

- 당황하지 않고 냉정히 머리쓰고 생각한다.

- 결코 압도당하지 않고 곤란을 각색하지 않는다. 신과 나는 그것
  을 처리할 수 있다고 꼭 확신하라.

- 혼란에 싸이지 않도록 한다. 그러기 위하여 문제의 요소를 적어
  하나하나 분명히 한다.

- 지난 것을 새삼 문제 삼지 않고 현재 위치에서 문제를 다룬다.

- 답을 찾는다. 문제 전체의 것이 아닌 다음 단계를 위한 답을.

- 창조적으로 청법聽法을 활용, 통찰하기 쉽게 마음의 평화를 유지
  한다.

- 항상 해야할 정당한 방법이 무엇인가를 찾는다. 틀린 것이 정당
  한 선례는 없다.

- 계속 생각, 계속 믿고, 계속 일하고, 계속 기원한다.

- 적극적 원리를 계속 활용한다.

*

당신은 무엇이든 잘 대처할 수 있다. 이것은 참말이다.

- 인생과 그 문제를 당신의 두 손으로 힘 있게 잡아라.

- 두 손을 신의 손에 얹어라.

- 신은 항상 당신을 지키고 있음을 잊지말라. 신에게 가깝게 하라.

- 혼란의 와중에 빠지지 않는다. 결코 덤비거나 허둥대지 않는다.
  냉정하라. 생각하라. 항상 생각하라. 감정에 흐르지 마라. 머리를

쓰라. 생각하라. 대책이 떠오른다.

- 항상 나는 할 수 있다고 믿으라. 그러면 나는 할 수 있다는 것을
  알게 된다.
- 곤란한 사람을 도와주라. 그러면 자기 문제는 훨씬 수월하게 대
  처해 나갈 수 있다.
- 항상 오늘을 중요하게 살아나가라.

*

에네르기와 바이탈리티의 비밀

자기가 할 수 있는 것을 모두 이루면 누구나 자기 자신에게 놀랄
것이다.토마스 에디슨

- 에네르기와 바이탈리티의 놀라운 비밀을 터득한다.
- 건전하지 못한 생각은 일소하고 창조적인 생각을 갖는다.
- 생의 약동이 당신 체내에서 활동하는 것을 마음에 그리고 몸과
  마음과 혼을 신선하게 하라.
- 매일 한 번 이상 자기는 에네르기와 바이탈리티를 새롭게 하고
  있음을 확신하라.
- 신이 만든 생명의 기본적 리듬에 자기를 조화시켜라.
- 에디슨의 말을 기억하라. "자기가 할 수 있는 모든 것을 하면 자
  기 자신에 놀랄 것이다."
- 자기 자신을 놀라게 한다.
- 마음가짐을 건강하게 유지한다.
- 무엇을 하든 적극적 원리와 관련하여 매일 항상 강하게 전진하라.

∗

어떤 곤란에도 꺾여 상처받지 않는다.

어떤 행위에도 모두 영광은 없다. 괴테

중요한 것은 행위이지 영광은 아닌 것이다.

뉴욕 시 아스토리아 호텔 지배인 F. 완지만, "경험을 완전히 쌓아 나가면 어떤 실패도 최후의 것이 아님을 알게 된다".

∗

- 신의 존재를 확신할 때까지 탐구한다. 그러면 제리 아담스처럼 더이상 불안은 느끼지 않게 된다.

- 자기는 결코 혼자가 아님을 알라. 위대한 누구인가 항상 따르고 있다.

- 자기는 자기가 관계된 문제보다 훨씬 큰 존재임을 믿는다. 실제 가 그렇기 때문이다.

- 연구와 실천에 의하여 열렬한 신념, 깊은 신앙을 기른다.

- 역경을 부정하는 전문인이 되자.

- 곤란이나 문제를 정리하고 조직화한다. 그것으로 벌써 절반은 해결이 가능한 것이다.

  나머지는 훨씬 쉽고 확실하게 처리된다.

- 깊은 신앙과 상식의 관계를 배운다.

- 힘을 발휘할 수 있을 때까지 '마음 바꿈'의 훈련을 한다.

- 상상의 기록을 깨뜨린다는 원리를 계속 유지한다.

- 자기가 나면서 가지고 있는 오르고 싶다는 '향상 본능'을 계속

유지한다.

- 생각을 바꾸고 적극적인 원리를 마음으로 실천한다. 그때 기적
  이 일어난다.

*

떨쳐 일어나는 원리를 힘 있게 유지해 나간다.

- Inspiration, 한다는 정신 그리고 정열에 대하여 마음을 크게 열
  고 예민하게 반응하도록 한다.
- 감수성을 높은 수준까지 예민하게 닦아놓는다.
- 적극적 태도를 항상 새로운 기분으로 유지하고 기운을 돈구어
  나간다.
- 부정에 직면해도 강력한 마음의 장벽을 쌓는다.
- 원기가 꺾이지 않게 반격하고, 마음을 편안하게 유지한다.
- 매사 적극적으로 흥미를 가지고 매일 흥미에 불을 붙인다.
- 진정 사물을 바꿔놓는 정신적 체험을 한다. 매일 생명력을 고쳐
  하고 생동감 있게 활동한다.
- 자기 인생을 보내며 자기 나이는 잊는다.
- 혼의 재생再生력을 잊지 않는다. 적극적인 원리를 항상 유지한다.

*

기획력을 기르는 법^{이와사끼}

- 프랑스인은 착상着想하고.
- 도이치 인은 구성構成하고.

– 일본 인은 모방模倣한다.

지금까지 조직 내에서 중요시된 협조, 책임, 근면, 근성, 인내력 등의 태도가 행동력行動力, 선견지명, 정보 수집, 기획력 등으로 태도가 능력으로 바뀌는 것이다.

기획력, 정보력, 행동력 등이 결국 창조성, 논리성, 현실성 등을 증진시킨다.

권투 헤비급 세계 챔피언 무하마드 알리는 자기의 소년 시절을 돌이켜 보면서 인간에게 도전 정신을 불러 일으키는 원동력은 젊을 것, 가난할 것, 무명일 것이어야 한다고 주장했다.

∗

심프슨 부인 자서전自敍傳

그런데 그가 내게 관심을 가지게 된 이유는 무엇인가? 그 한 가지 이유는 나의 미국적인 독특한 기질, 솔직한 성격, 재치있는 말씨, 그리고 그와 관계된 것이라면 무엇이나 관심을 보이는 그에 대한 나의 강한 호기심, 그런 것이 아니었나 생각된다.

∗

『진리』 1권 다니구찌 마사하루(谷口雅春)

"나는 부처님 아들이다. 모든 사람을 사랑하고 모든 사람이 나를 사랑해 주고 좋은 일만 생긴다, 좋은 일만 생긴다, 좋은 일만 생긴다."

이 말을 20회 정도 외우고 일을 착수하면 꼭 당신 주변에 좋은 일만 몰려온다.

『진리』 2권 기초 편
모든 공포, 근심 걱정, 미움을 떨어 버린다.

『진리』 3권 초학初學 편
쇼펜하우어는 그의 염세厭世 철학 때문에 일생을 만성 위병으로 고통을 받았다. 그 후 그래서 그는 "나에게 이 세상이 괴롭지 않은 것은 목욕 중인 15분 간이다"라고 말했다.

니체는 진리보다 생명이 더 존귀하다고 했는데, 생명을 활성화시키지 않는 철학은 진리가 아니다.

빠른 효과를 보려면?

– 걱정을 멈추라. 기우를 삼가라. 걱정을 넘기지 마라. 나쁜 일이 생길지 모른다는 우려를 멈춰라.

– 꼭 좋은 일이 생긴다고 매일 20번씩 외우라.

– 결코 남의 결점을 보지 말 것.

– 사람을 하나님으로 보고 사람의 미美 점点 만을 말한다.

– 매일 무엇인가 남에게 친절이 되는 것 하나 이상을 실행하라.

＊

프랑스 난시의 약사 에밀 꾸애를 따르면, 어느 환자가 "나는 이런 약이 이런 병에 좋아 언제나 잘 들으니 그 약을 달라!" 그래서 마게가

빠지고 조금 밖에 없다고 하니, 환자가 그래도 달라고 하여 주었더니 그후 잘 나았다고 한다.

꾸에의 도장에 모인 사람들에게 "지금부터는 모든 일이 한층 더 좋아진다. 밤에는 잘자고 아침에 일어나면 기분이 상쾌하다. 식욕은 왕성하고 위장의 소화는 좋다. 변비는 없어지고 변통은 적당하다. 사업은 순조로이 진행되고 오직 번영의 길만을 걷는다" 하고 꾸에는 최면催眠을 걸어 주었다.

*

에리히 프롬, 『사랑의 기술』

종교는 인간의 사업 상 활동에서는 인간을 돕기 위해 자기 암시暗示 및 심리心理 요법과 제휴한다.

사랑의 기술은, 첫째, 자기 훈련, 둘째, 정신 집중, 인내, 최대의 관심.

*

1938년의 베스트 셀러인 데일 카네기의 『인간관계론』

'어떻게 친구를 얻고 또 사람들에게 영향을 미치는가'는 엄밀하게 세속적 수준에 머물러 있다. 당시 카네기의 책이 수행한 역할은 오늘 최대의 베스트 셀러인 N. 빈센트 필 목사의 『적극적 사고방식』의 기능과 유사한 것이다.

＊

평상심平常心이 길이다.무문관 19 칙

"숙련은 술이요, 도는 아니다."

"술은 상대방에게 상대하여 어떻게 연구해야 하나를 고안해 얻은 숙련이지만 술이 도가 되면 대립이 없어진다."

＊

기원祈願**의 법칙**

기원의 대상은 누구인가?

기원 때 무엇을 기원하는가?

기원 때 어떻게 기원하는가?

＊

『진리』 제4권 청년 편

천재와 신념 있는 사람이 세상에 던지는 여러 가지 상념想念은 세계를 변화시킨다.에머슨

제자가 소크라테스에게 이 세상에서 어떤 사람이 가장 부자입니까? "만족과 감사할 줄 아는 사람이다. 그것은 하늘이 준 최대의 것이다."

＊

마음의 청정淸淨이 미美, 부富, 애愛를 가져다준다.

믿는 바대로 된다.

종류가 종류를 부른다.

슬퍼하면 더 슬퍼지고.

기뻐하면 더 기뻐진다.

두려워 말라. 하늘의 아들인데.

말로 모든 것이 이루어진다.

*

"하나님, 저는 제가 할 수 있는 모든 조치를 다 취해 놓았습니다. 그 결과는 당신 손에 달렸습니다. 만약 이 나라가 구원받는다면 그것은 당신의 뜻과 같기 때문입니다."

이렇게 기원한 다음 링컨은, "나는 내 어깨에서 크나큰 짐을 내려 놓은 것처럼 느꼈다. 무겁고 큰 고통에서 벗어나는 대신 큰 믿음의 염원念願이 용솟음쳐 오는 것을 느꼈다."

마음의 세계에서 그려진 것이 불가 항력적으로 현상 세계에 나타난다는 것이 절감된다.

실상을 보면 어떤 악도 우리 인간의 운명에는 존재하지 않는다. 이것이 '광명 사상'이다.

관상가나 운명 점치는 자가 말한 대로 불행이 꼭 온다고 단정적으로 비관하면 안된다.

그때야 말로 우리가 무한 자인 주님, 영원자인 무한력의 주를 향하여 그 사건에 따른 참의 실상을 마음에 새기고 그 원만함을 마음 속에 확립하도록 열중해야 할 때이다.

＊

모든 병은 대부분 정신의 무리한 혹사, 미움, 노여움, 질투, 걱정,
기우 등에서 생겨 난다.

＊

'재계財界의 거목巨木 이병철李秉喆', 이원수異園樹, 이병철 회장의 성공
3요소는 운과 집착과 끈기로 본다. 이 회장은 '인재人材 제일주의'로
기업 경영의 모토를 삼았다.

사람은 긍지를 가지고 일할 때 누구든 자신의 전 능력을 발휘할
수 있다.

삼성인三人스의 자질은 용모보다 자세가 단정하고 몸이 건강하며
능동적인 인격이어야 한다.

＊

앤드류 카네기의 묘비명墓碑銘

"자기보다 현명한 사람을 주위에 모으는 기술을 터득한 사람, 여기
에 잠들다."

＊

남을 위하고 싶다는 생각은 자신을 생동하게 한다.

매사 뜻대로 잘 이루어지지 않을 때에는 자기의 사랑이 부족하지
않았나 반성하는 것이 좋다.

지금껏 잘생기지 못한 얼굴을 가져도 장차 마음가짐 하나로 어떤

미모, 아름다운 표정으로 바꿀 수 있으므로 가능하면 노한 마음, 미워하는 마음, 질투하는 마음, 한탄하는 마음, 불평불만을 버리고, 항상 "유쾌하고, 기쁘고, 좋은 일만 생긴다. 예뻐진다" 하고 기회가 있을 때마다 생각하고 미소하는 습관을 길들이면 누구나 인상이 좋아지고 운명도 자연스럽게 잘 펼쳐지는 것이다.

*

『진리』 제7권 깨달음의 길

석가가 아직 태자인 때, 정거천이라는 천인이 까마귀로 몸을 나타내 벌레를 잡아먹자, 이를 보고 석가는 우울증에 걸린다. 두 번째 외원에서는 정거천이 병인으로 나타내 왕은 아름다운 무희들을 모아 무용을 하게 한다.

정거천이 석가의 출가를 돕느라고 신통력을 써서 태자 방의 모든 미인을 잠자게 한다. 그리고 추모를 보인다.

마침내 석존의 마음에도 육체 인간에서 정 떨어지는 마음의 상태가 된다.

*

'심층 설득술', 다고 아키라 多湖輝

– 설득의 경우에도 남의 불행은 자기 불행을 잊게 해준다.
– 거절할 때는 제3의 길을 권한다.
– 비판할 때, 비판하지 않고 칭찬할 때 칭찬한다.
– 상대방 불만은 들어주는 것만으로 협력이 된다.

- 도발하더라도 상대가 불만을 토로하게 한다.
- 무자녀의 여성이 침대를 이상할 정도로 좋아하는 것은 대상代償, 결혼에 실패한 남성이 모친을 따르는 것은 퇴행退行, 실연한 후에 사람이 비즈니스 및 취미에 몰두하면 현실 도피, 교사에의 연정을 억압당한 소녀가 선생이 나에게 키스하려고 했다고 말하는 것은 투사投射, 입시에 실패한 학생이 그 대학은 3류라고 부르는 것은 합리화合理化이다.
- 상대방이 준거하는 집단 의식에 호소한다.
- 상대방 배후의 실력자에게 호소한다.
- 설교하기보다 집단 토의로 결정하게 설득한다.
- 상대방과의 약간의 일치점도 확대 한다.rapport
- 미각을 시각으로 바꾼다.
- 결론結論부터 말하면 때로 효과적이다.
- 상대가 좋아하는 말을 의식적으로 사용한다.
- 설득에서 제거해야 하는 상대방 마음의 벽은, 경계심, 선입관, 정신적 압력, 욕구 불만, 반감, 자존심의 상처, 불안감, 불신감 등이다.
- 상대의 불만을 다른 큰 불만과 대비한다.
- 상대가 불만으로 느끼고 있는 그 자체의 가치를 인정해 준다.
- 설득하는 측도 여러 가지 불만이나 고뇌가 있음을 고백한다.
- 공통의 적을 만들면 반감을 감소, 어느 정도 설득이 가능하다.
- 설득 내용을 의문형으로 만든다.
- 자존심을 갖는 상대에게는 아무것도 말하지 않는 자체가 설득이 된다.

- 상대방 자존심이 상하여 경직된 상태에서는 일단 설득을 중단하고 감정이 냉각되기를 바란다.
- 상대방의 라이벌을 아무렇지 않게 등장시켜 객관적 관점을 제시 상대방 자존심을 높여 나간다.
- 상대방 지위 의식을 높여 나가는 것도 효과적이다.
- 설득 내용에서 벗어나 인간적 측면, 비공식 인간관계로 접근한다.
- 상대가 자기 페이스를 발휘하기 쉬운 장소에서 말한다.

'자기 암시술', 다고 아키라多湖輝

- 약간의 의기 차이로 인생이 바뀐다.
- 밀가루라 할지라도 효력이 있다고 생각하면 약이 된다.
- 싫은 것을 잊으려면 연상 게임이 효과적이다.
- 단위를 바꿔 놓으면 마음 부담이 무겁거나 가벼워진다.
- 지금이 최악이라 생각하면 그 이상 나빠지지 않는다.
- 성공 여부가 걱정일 때는 자기 목표를 남 앞에서 선언해 버린다.
- 친구 또는 애인에게 편지 쓰기는 고뇌를 해소하는 좋은 방편이다.
- 마스코트는 불안감을 덜어주는 진정제가 된다.
- 매너리즘에 빠지면 생활 공간을 바꿔본다.
- 우울할 때는 화사한 복장, 스포티한 옷차림을 하면 기분이 바뀐다.
- 단조로운 소리나 자극은 솟구친 신경을 가라앉힌다.
- 템포 빠른 음악은 사람 마음에 활기와 자신을 불어넣는다.
- 거울에 비친 자신과 대화하면 자신을 냉정하게 바꿔놓을 수 있다.
- 자신을 잃은 때, 자기보다 훌륭한 사람과 접촉한다.

- 큰 소리는 자기 마음을 크게 만든다.
- 무엇이든 분주하게 굴면 불안이나 공포가 감소된다.
- 큰 목표를 지향하기보다 작은 목표를 하나씩 달성해 가는 것이 자신을 낳는다.
- 목표가 구체적인 것일수록 의욕이 생긴다.
- 일을 착수하기 앞서 그 과정을 체계화하면 기분이 즐거워진다.
- 싫은 일을 할 때는 미리 좋은 일을 한다.
- 10년 후의 일을 계획하면 눈 앞의 계획이 쉬워진다.
- 싫은 일은 주말에 하는 편이 효과적이다.
- 철저히 그 일에서 떨어져 보면 하기 싫은 일도 하게 된다.
- 일이나 공부의 피로는 일이나 공부를 통하여 피로를 풀어가는 것이 가장 좋다.
- 사람은 지위에 의하여 그처럼 되는 것이 아니라 그처럼 행동하는 것으로 그 지위에 가까이 간다.
- 실패할 것 같을 때, 기쁜 결과를 시각화視覺化하면 자신이 붙는다.
- 실패를 실패로 끝내지 않으려면 지나치게 정정訂正하면 좋다.
- 망설여질 때 최초의 직감을 생각해낸다.
- 고뇌와 번민이 있을 때에는 보다 큰 세계와 자기를 대비해본다.
- 어느 것이든 자신있는 것을 하나 만들어 놓으면 다른 것도 잘된다.
- 매일 계속하는 것이 있으면 어느 것이나 지속력持續力이 생긴다.
- 항상 자기 적수를 만들어 놓으면 의욕이 꺾이지 않는다.
- 불안할 때 먹고 싶은 음식을 잔뜩 먹으면 기분이 충실해지고 도움이 된다.

- 자기와 동일한 결점의 사람을 아는 것으로 열등감에서 풀린다.
- 자기보다 훌륭한 사람의 결점을 헤아리면 자기 장점이 신장된다.
- 홈 그라운드를 이용하면 역부족力不足이 극복된다.
- 신상에 일어난 일을 모두 자기 형편에 좋게 해석한다.
- 비극적인 것과 반대되는 것을 연상하면 새 길이 찾아진다.
- 결점은 고치기보다 잘 활용해 보도록 한다.
- 열등감이 생기면 성공인의 전기를 읽어본다.
- 없어진 것을 버린 것이라 간주하면 낙담이 가벼워진다.

'심층 언어 기법', 다고 아키라多湖輝
- '싫다'는 부정은 '좋다'는 말보다 더 강한 긍정을 의미할 때가 있다.
- 사회적 지위가 확립된 사람일수록 그가 한 질문에 '모르겠다'고
  대답하기를 바란다.
- '지당하다'는 동의에는 최종적으로 자기의사를 소통하고자 하는
  본심이 감춰져 있다고 보아도 좋다.
- 자기 잘못을 지나치게 솔직히 인정하는 사람은 끝내는 그 잘못
  을 인정하지 않는다.
- 이야기 도중 "알았다"는 긍정어를 말하는 것은 이야기 듣기를 불
  안하게 여기는 것이다.
- '동정어'는 상대를 비난하는 심층언어일 때가 많다.
- '절대', '전혀'라는 전부 부정, 전부 긍정은 정보의 부정확성을 감
  추는 경우가 있다.
- "이지만" 하고, 어떤 사실을 왜소화해서 말하는 사람은 내심 그

것을 필요 이상 중대시할 때가 많다.

- "암만해도 안 되기 때문에"라고, 처음 선언하고 사실을 피하는 것은 "하면 될 것을" 하는 자기 변호 때문이다.
- 자아 의식이 강한 사람은 칭찬에 약하다.
- 상사가 어느 한 사람을 칭찬하는 것은 그 밖의 사람을 꾸짖고 싶은 증거이다.
- 상사를 헐뜯는 것은 출세하고자 하는 욕망이 강하다는 증거이다.
- 서로 헐뜯는 것은 상호 애정의 확인 행동이다.
- 편잔은 자기가 훌륭함을 상대에게 인정받고자 할 때 쓰인다.
- 남에게 설교하고자 한 것은 자기 지배욕이나 자존심을 충족하고자 하는 것이다.
- 남성이 핑크빛 농담을 던지는 것은 불능不能 공포에서 벗어나고자 하기 때문이다.

＊

문제의 해결 방식

- 문제를 예상하라.
- 문제를 과장해서 예상하면 안된다.
- 문제를 환영하라. 문제는 성공으로 가는 참된 격려자이다.
- 모든 문제는 다른 면에서 기회임을 기억한다.
- 가능성 있는 해결법의 리스트를 작성하라.
- 당신 문제를 창조적으로 활용한다.
- 유머 센스를 기른다.

- 당신 문제가 당신을 신에게 인도하게끔 하라.

✳

미국 육군 공병대의 자극적인 슬로건

곤란한 것 우리는 곧 해결하고 불가능한 것 약간 시간이 걸린다.

✳

인생에서 항상 승리하는 사람은 이 점을 잊지 않는다.

- 밤이 지나면 새 아침이 밝아온다.

- 겨울이 지나면 봄이 온다.

- 폭풍이 지나면 햇볕 쏟아지는 밝은 세상이 온다.

- 죄지은 다음에도 용서가 있다.

- 패배한 다음에도 기회는 있다.

✳

히틀러를 피해 숨은 많은 유태인 중 한 사람이 일찍 어두운 시기를 경험하였다.

독일의 어느 집 지하실 벽에 다음 같은 용기 있는 말이 쓰여 있었다.

- 나는 햇볕이 보이지 않는 날에도 태양을 믿는다.

- 나는 그것을 느끼지 못한 때도 사랑을 믿는다.

- 나는 신이 침묵한 때도 신을 믿는다.

*

독일 나이모라 목사

"당신은 당신이 생각한 이상으로 많이 참을 수 있다. 만약 당신 생명에 신이 함께 할 수 있다면 당신은 당신이 생각하는 것보다 훨씬 강하다."

*

산도 움직이는 신념信念을 위한 8단계

- 꿈을 본다.
- 간절한 욕구가 있다.
- 감연히 일어선다.
- 시작한다.
- 기대한다.
- 단언한다.
- 기다린다.
- 수용한다.

*

당신 내부에 숨겨진 가능성을 찾고 확보하라.

- 자신에 대하여 역부족, 열등, 매력 없음, 역량 없음, 교양 없음, 자신 및 기량이 없다고 생각지 않는다.
- 자신에게 최면술을 건다.
- 자기 자신을 개선한다.

- 어떤 분야에 뛰어날 것.
- 자기보다 큰 누구와 관계를 갖는다.
- 남과 잘 사귀고 깊은 우정을 쌓는다.
- 자존의 비결은 자신을 잊는데 있다.

건설적 아이디어 속에 존재하는 가능성을 찾고 발전시켜라.
- 주의 깊게 듣는다.
- 조급하게 부적절한 '아니요'라 말하지 않는다.
- 아무리 건설적 제안에도 어디인가 불만이 있음을 기억한다.

찬스 속에 존재하는 가능성을 찾고.
- 열등의 경향을 배제한다.
- 나에게 불가능이 없다는 자신감을 갖는다.
- 당신 계획을 기획하고 시작한다. 그것을 공표한다.
- 그 일을 위한 시간, 돈, 정력, 두뇌를 모은다.
- 성공을 기대한다.

문제 속에 존재하는 적극적인 가능성을 찾는다.
- 성공은 필요성을 발견하고 그것을 찾는 것임을 기억한다.
- 문제는 기회가 변장한 것이다.
- 문제를 지침 도전으로 환영한다.
- 문제를 해결하고 정화하는데 도움되는 누군가를 찾는다.

개인적 경험 중에서 건설적 가능성을 찾는다.

- 자기 연민은 자신의 의기를 꺾을 뿐이다.

- 죄악감으로 자기 자신을 고통스럽게 해서는 안된다.

- 냉정한 머리로 이 비극은 "그대로 두면 나를 다시 나쁜 인간으로 만든다"고 생각한다.

- "나는 이 비극으로 자기를 일층 훌륭한 인간이 되어 보이겠다"고 큰 소리로 자기 자신에게 단언한다.

- 이 비극은 자신을 신에게 보다 가까이하게 하는가 아니면 보다 멀리하게 하는가 어느 하나임을 생각한다.

*

간난을 물리치다

간난艱難은 혼의 향상을 위한 스포츠이다. 학교에서도 시험에 패스하면 상급에 오른다. 간난은 당신을 괴롭히기 위한 경기가 아니다.

당신 내부의 힘을 인출하려는 중량 올리기 경기이다.

학교 시험문제에 수험자가 도저히 풀 수 없는 문제는 출제되지 않는다.

신의 아들인 당신은 어느 한정된 능력이나 한정된 분위기 속에 갇힌 것이 아니다.

어떤 무엇도 당신을 구속하는 일은 없을 것이다. 매일이 기회요, 매일이 당신 영혼의 진급시험이다. 어떻든 시험이란 관념이 동반되는 귀찮고 어렵다는 감정은 잘못이다.

그것은 스케이팅이나 스키 경기처럼 장쾌壯快한 인생 경기일 뿐이다.

매일 즐겁게 경기를 즐기는 중에 당신 혼은 그만큼 향상되는 것이다.

질병을 생각지 말고 현상의 악을 보지 않도록 하자.

남을 미워하고 원망하고 또 슬퍼하고 두려워하는 일을 멈추자.

마음의 눈을 하늘 높이 쳐들고 신을 보도록 하자.

신이 자기 몸 속에 머물러 있음을 알도록 하자.

신의 사랑이 자기 속에 머물러 있음을 알자.

그것이 참된 자기가 아닌가.

신의 사랑을 겉으로 표출하고 신의 사랑을 실천으로 옮기자.

사람을 평하는 대신 사람을 칭찬하기 시작하자.

슬퍼하는 대신 기뻐하고 감사하는 일을 시작하자.

다니구찌 마사하루의 『생명의 실상』 이후의 압권壓卷, 『진리』 9권
생활 편

우리는 인간이든 사건이든 병이든 악의 존재를 인정하며 그것과
싸울 필요는 없다.

보다 필요한 것은 좋고 밝은 상념, 기쁘고 즐거운 감정, 적극적인
정신과 같은 건전한 것을 마음 속에 넘치게 하는 것이 좋다.

선과 복은 일치하지 않는 양 생각하는 사람이 있다.

선을 생활에 직심直心을 가지고 실천하는 것이 덕이므로 덕이란 글
자는 직심直心을 행하는 구성으로 되어있다.

✳

캐셔스 클레이^{권투 선수, 세계 챔피언}

그는 1961년, 켄터키 주 루이빌 시, 센트럴 고교에서 재학생 391명 가운데 376등을 했다.

"나비처럼 날아가 벌처럼 쏘리라"고 말하고, 리스튼에게 도전, 7회 KO 승을 거두었다.

백악관으로 당시 포드 대통령을 방문한 자리에서 그가 남긴 말.

"이 자리를 노리고 있는 저를 초청한 것은 각하의 큰 실수입니다" 라는 재담을 남기고 있다.

✳

벤자민 프랭클린의 13개 덕목德目

　- 절제, 배부르게 먹지 말라. 취하도록 마시지 말라.

　- 침묵, 피차 유익하지 않은 말은 삼가라.

　- 규율, 모든 물건은 제자리에, 일은 때를 정해서 하라.

　- 결단, 결심과 실천.

　- 절약, 낭비하지 말라.

　- 근면, 시간 낭비를 말라.

　- 진실, 남을 속이거나 해치지 말라.

　- 정의, 남을 해치지 말고 줄 것은 주라.

　- 중용, 극단을 피하라.

　- 청결.

　- 침착.

- 순결.

- 겸손, 예수와 소크라테스를 본받는다.

＊

윌리엄 제임스^{William James}는 심리학, 철학, 종교 등을 일상생활에 연결하는 일에 성공한 최초의 학자이다.

"인간은 평소 자기 능력의 4분의 1정도를 사용할 뿐 나머지 4분의 3은 그것을 자각할 때 나타난다."

＊

지식이 없으면 무지가 되나 지혜가 없으면 어리석은 사람이 된다.

기실 지식이 있으며 어리석은 자가 우리 주위에 너무 많음을 본다.

지혜가 있으면 남을 해코지 아니한다.

이처럼 지혜는 이기적이지 않으나 지식은 이기적으로 쓰인다.

지식 많은 자는 미망迷妄에 빠지는 일이 많으나 지혜 있는 자는 미망에 빠지지 아니한다.

지식은 자기를 이롭게 하기를 생각하고 지혜는 남에게 줄 것을 생각한다.

지식이 많으면 생활이 점점 복잡해지고 지혜가 있으면 생활이 간소 해진다.

지식이 많으면 사람을 비판하고 지혜가 있으면 사람을 용서한다.

없는 불행을 있는 것처럼 느끼는 것이 공포이다.

＊

건강과 행복을 얻는 마음가짐

만약 당신이 현상 세계에서 늘 건강하고 행복하고자 하면 마음 거울을 흐리지 말고 항상 밝게 할 것, 기쁜 것 만을 생각하도록 해야 한다.

남의 악을 보지 말 것, 보아도 선의로 해석할 것, 그리고 용서할 것, 기우나 근심 걱정을 덜 것, 현재를 감사할 것, 모든 사람이 착하고 나에게 호의를 가지고 있다고 믿도록 할 것, 일체 사물 가운데 광명한 부분 만을 보고 암흑 면은 보지 말 것, 사물을 파괴적으로 생각하지 말고 건설적으로 생각할 것, 어떤 일이 일어나도 그것은 나의 정신을 고양하기 위한 절호의 기회로 생각, 감사할 것.

이상의 정신상 주의를 최소한 10일간 먼저 제1기로 실행하도록 노력한다.

여러 방면에서 밝은 일이 찾아와 건강도 현저히 좋아진다.

감사의 염念은 마음을 매우 평화스럽게 하고 스트레스를 제거하는 가장 좋은 정신적 양약良藥이다.

'미안하다'는 말은 반성과 감사와 사랑과 용서로 병을 고치는 정신적 비결이다.

＊

안병욱安秉煜 교수의 인생론

- 가장 행복한 사람은 자기 천분天分과 개성이 자기 직업과 일치하는 사람이다.
- 세 사람의 석공石工, 첫째는 죽지 못해, 둘째는 처자 때문에, 셋째

는 하나님의 영광을 위해.

- 직업은, 첫째, 인생의 가장 중요한 리듬의 하나. 둘째, 생계 유지의 기본 수단. 셋째, 사회적 직분. 넷째, 하늘이 우리에게 맡긴 직분. 다섯째, 자아 실현의 활동이다.

- 인생의 중요한 선택, 첫째, 배우자. 둘째, 직업. 셋째, 인생관^{가치관} 등이다.

- 직업은 인생에서 생명, 경제, 사회, 종교, 정신적 의미가 있다.

- 토마스 에디슨, 일하는 것이 내 인생 철학의 근본이다. 일하면 반드시 성취의 기쁨이 있다.

  칼 힐티, 인간 행복의 최대 부분은 계속 이어지는 일로 구성된다.

- 막심 고르키, 일이 즐거움이면 인생은 낙원이다.

  영국 격언, 근면은 행복의 오른손이요, 절약은 행복의 왼손이다.

- 직업에 대한 세 가지 태도, 직업을 사랑하고, 직업을 자랑스럽게 생각하고, 직업에 열성을 다하는 것 등이다.

*

'사람을 움직이는 힘'

특별한 경우를 제외하고 말하기 4, 듣기 6, 그것이 사람을 끄는 '대화'의 요체要諦이다.

대체로 싫은 사람 하고는 이야기를 나누고 싶지 않다.

부하에게 긴 이야기를 늘어놓는 일은 그 사람에게 호감을 가진 것이므로 경청할 일이다.

인간관계로 작업의 신장이 결정된다.

나온 못은 때리는 것이 집단의 법도이다.

*

인간관계론의 모체가 된 '호손 리서치'
- 일에 지나치게 몰두해서 안된다.
- 일에 지나치게 나태해서 안된다.
- 어떤 동료에게 괴로움 끼치는 일을 상사에게 말하면 안된다.
- 남의 일에 지나치게 참견하면 안된다.
메이요 교수 조사, '작업 능률과 집단과의 관계'에서 발췌한 것이다.

*

리더십의 심리, 미국 사회심리학자 JK 헴프힐
모든 집단의 리더에 공통된 기능
- 집단 목표의 달성을 촉진하는 일.
- 관리하는 일.
- 집단 활동을 활발히 하고 모범을 보인다.
- 성원成員의 집단 내 지위에 안정감을 준다.
- 리더는 자신의 관심이나 이해에 상관없이 행동한다.

*

아브라함 매슬로우Abraham Maslow의 욕구 연구
신체적 욕구1차 레벨
사람의 욕구는 그 중요성에 따라 체계를 이룬다.

가장 낮은 욕구가 신체적 욕구이다. 그것은 공복, 운동, 보호, 방어의 욕구에서 성립된다.

사람은 빵이 없을 때 빵만을 욕심 낸다.

속이 빌 때는 애정, 지위에 따른 욕구가 기능하지 않지만 공복에 따른 욕구가 채워지면 그것은 중요하게 느껴지지 않는다. 충족된 욕구는 행동의 동기가 되지 않는다.

안전의 욕구 2차 레벨

신체적 욕구가 채워지면 나타난다. 그것은 위험이나 위협, 박탈에 대한 방어의 욕구이다.

이 욕구는 가장 잘 일어나기 쉬운 위험에 대처하는 것이다.

대부분 기업의 고용주는 의존적 관계에서 부사장에 이르기까지 모든 레벨에서 중요한 욕구가 된다.

사회적 욕구 3차 레벨

2차 레벨까지 만족되면 소속, 교제, 부하에 대한 수용, 우정이나 애정의 주고받기 등의 사회적 욕구가 중요하다. 이들 욕구는 때로 기업 경영에 대한 위협으로 가정假定 적의를 두려워하고 인간 본래의 '집단성'을 유해한 방편으로 컨트롤하고 명령하려 한다.

이때, 사람이 저항하고 적대하고 비협력적이 되고 기업 목적을 저해하는 듯한 행동을 취한다.

이 행동은 원인이 아니고 결과이다.

이기주의의 욕구⁴차 레벨

자신, 독립, 달성, 능력, 지식에 대한 욕구 같은 일종 자존심에 관계되는 욕구와 지위, 승인, 평가, 부하로부터의 존경 같은 욕구로 명성에 관계되는 욕구이다.

대량 생산 방식을 취하는 기업은 물론 일반적으로 기업은 이 욕구를 만족시키는 기회를 주는 일은 거의 없다.

자아 충실의 욕구⁵차 레벨

자기의 가능성을 실현하고 계속적인 자아의 발전과 창조를 구하는 욕구이다. 이 단계가 되면 거의 이런 기회가 없고 4차 이하의 욕구 만족을 위한 투쟁에 시간이 간다.

＊

노자老子의 『도덕경』

45장

위대한 완성은 이지러진 것 같고, 그 효용은 폐해가 없다.

크게 충만한 것은 공허한 것 같고, 그 작용은 끝이 없다.

크게 곧은 것은 굽은 것 같고 뛰어난 기교는 졸렬한 것 같고

뛰어난 웅변은 눌변訥辯인 것 같다.

정적靜寂한 것은 조급한 것을 이기고 한랭寒冷한 것은 뜨거운 것을 이긴다.

맑고 고요한 것은 천하天下의 바른 것이 된다.

68장

선비 노릇을 잘하는 사람은 무력을 쓰지 않고, 싸움을 잘하는 사람은 성내지 않으며, 적을 잘 이기는 사람은 적과 대전하지 않으며, 사람을 잘 쓸줄 아는 사람은 그 사람 앞에 몸을 낮춘다.

이것을 다투지 않는 덕이라 하고, 이것을 남의 힘을 쓰는 길이라 한다.

이것을 하늘의 지고한 법칙에 일치하는 것이라 한다.

71장

알면서 알지 못한다고 하는 것이 상덕上德이고, 알지 못하면서 안다고 하는 것은 병이다. 병을 병으로 알아야만 병이 되지 않는다. 성인聖人은 병이 없다. 그것은 병을 병으로 알기 때문이다. 그러므로 병이 되지 않는다.

81장

믿음성이 있다는 말은 아름답지 않고, 아름다운 말은 믿음성이 없다.

선한 사람은 궤변詭辯을 떨지 않는다.

궤변을 떠는 사람은 선한 사람이 아니다.

지혜로운 사람은 박식하지 않다.

박식한 사람은 지혜롭지 않다.

성인聖人은 쌓아두지 않고, 이미 남을 위하여 다 썼지만 쓰면 쓸수록 자기에게는 더욱 더 있게 되고, 이미 남에게 다 주었지만 주면 줄수록 자기에게는 더욱 많아진다.

하늘의 도는 이롭게는 하여도 해롭게 하지는 않으며 성인의 도는 하는 것이 있어도 다투지 않는다.

*

5백 명 앞에서 말할 수 있다

사람은 이상하여 자기 혼자 남과 다르면 불안을 느끼고 자기도 남과 같으면 안정감을 갖는다. 이것을 비교의 심리라고 한다.

불안감의 해소를 위해, 조용히 심호흡을 한다, 팔목 시계를 풀어놓는다, 물을 컵에 따라 놓는다.

발명왕 에디슨이 말했다. "천재는 99퍼센트의 땀과 1퍼센트의 영감靈感으로 이루어진다."

청자가 순간적으로 우월감을 느낄 때 웃음이 발생한다. 자기 실패담을 말하든가, 자기를 희극 배우로 순간 역을 바꾸는 것이 웃음을 일으키는 첫째 요령이다.

D. 카네기가 말했다.

당신이 고기를 낚을 때, 무엇을 미끼로 쓰는가? 만약 당신이 치즈를 좋아한다고 하여 치즈를 낚시 바늘에 꿰어도 고기는 물리지 않는다. 당신은 싫어해도 물고기가 좋아하는 '지렁이'를 바늘에 꿰어야 물고기가 낚아지는 것이다.

*

불교의 선시禪詩, 나옹懶翁 선사禪師

사랑스럽고 예쁜 꽃이 색깔도 곱고 향기도 있듯이

아름다운 말을 바르게 행하면

반드시 그 결과 복이 있나니

청산은 나를 보고 말 없이 살라하고

창공은 나를 보고 티 없이 살라하네

탐욕도 벗어 논 채

성 냄도 벗어 논채

물처럼 바람처럼

살다 가라 하네

선가(禪家) 귀감(龜鑑), 서산(西山) 저, 법정(法頂) 역

＊

이 책은 서산西山 대사 청허淸虛 스님의 저술이다.

물론 스님 자신이 지은 서문과 제자인 사명泗溟 스님의 발문에도 있는 것같이 이 글이 모두 스님의 창작만은 아니다. 50여권의 경론經論과 조사祖師의 어록을 보다가 요긴한 것을 추려 모아 곁에 있는 제자들에게 가르쳤던 것이다.

이 선가 귀감을 통해 우리는 4백년 전, 선교禪敎가 대립되어 있던 우리나라 불교의 상황을 엿볼 수 있다.

스님은 자신의 선교관을 이렇게 단적으로 말하고 있다.

"선은 부처의 마음이고, 교는 부처의 말씀이다. 선과 교의 근원은 부처님이고, 선과 교의 갈래는 가섭과 아난이다. 말이 없음으로써 말 없는 데에 이르는 것은 선禪이고, 말로써 말없는 데 이르는 것은 교敎이다. 또한 마음은 선법이고, 말은 교법이다. 법은 비록 한 맛이지만 뜻은 하늘과 땅만큼 아득히 떨어진 것이다."

이와 같이 선교가 둘 아님을 밝히면서도 먼저 깨달음을 주장 선을 우위에 두고 있다.

세상에서는 흔히 서산대사라 부르고 있지만 그것은 스님이 묘향산에 많이 있었기 때문이고, 자신으로서는 금강산 백화암에 머물던 인연으로 백화白華도인이라 했다.

선조 37년, 1604년 1월 23일 묘향산 원적암에서 제자들을 모아 놓고 설법한 뒤 당신의 진영眞影을 보고, "80년 전에는 저게 나이더니 80년 후에는 내가 저이인가." 이렇게 써 놓고 앉은 채 입적入寂했다.

＊

우리 민족의 병통病痛, 서울 거주 외국인이 지적한 우리 참 모습, 『조선일보』, 1991년 9월 20일 자

– 자만을 잘 한다.

– 속 빈 강정 같다.

– 혼이 없다.

– 적당 주의가 통한다.

– 이기주의에 빠져 있다.

＊

우리가 돌아보는 우리 민족의 병통病痛

– 성미가 급하다. 절차와 경륜을 빠트린다.

– 대강 일을 처리함으로써 정확도가 떨어진다.

– 매사 적당히 얼버무린다. 합리적 능률적이기보다 불법, 비법, 탈

법이 앞선다.

- 얼렁뚱땅 한다. 기초와 기본이 없기 때문이다.

- 시행착오를 자주 한다. 전문성을 외면하기 때문이다.

- 상호 불신풍조가 없지 않다.

- 서투른 끝 마무리가 문제를 유발한다. 완전 완벽의 지향이 아쉽다.

- 매사 정성이 부족할 때가 많다.

- 한치 앞을 보지 못한다.

*

한국인의 의식 구조

- 낙천적이다.

- 형식을 지나치게 중요시한다.

- 사대주의 경향이 있다.

- 파쟁렬派爭熱이 강하다.

- 공공심公共心이 부족하다.

(국학의 입장, 육당 최남선崔南善)

- 유교儒敎 의식이 대체로 강하다.

(심리학의 입장, 윤태림尹泰林 교수)

- 은근과 끈기.

- 두어라와 노세.

- 가냘픔과 애처로움.

(한국문학의 입장, 조윤제趙潤濟 교수)

- 잘나도 못난 체해야 한다.

- 본심을 숨길 때가 있다.

- 공짜를 좋아한다.

- 한恨이 많다.

- 불만 노출을 억제한다.

- 겉으로 웃고, 속으로 운다.

- 인정 많고, 의리가 강하다.

- 모난 것을 싫어한다.

- 남의 탓을 잘한다.

- 홧김에 탈선한다.

- 일하며 놀고, 놀며 일한다.

- 성질이 조급하다.

- 소외疏外 당하면 못 참는다.

- 부분으로 전체를 속단한다.

- 참다가 발끈한다.

- 우리 것을 얕잡아 본다.

(언론인의 입장, 이규태李圭泰, 『조선일보』 논설위원)

이 밖에도 김태길金泰吉 교수, 『한국인의 가치관 연구』, 언론인 박동
운朴東雲의 『민성民性 론』, 백낙준 총장의 『나의 종강록終講錄』 등이 있다.

국화 옆에서
한 송이의 국화 꽃을 피우기 위해
봄부터 소쩍새는

그렇게 울었나 보다.

한 송이의 국화 꽃을 피우기 위해
천둥은 먹구름 속에서
또 그렇게 울었나 보다.

그립고 아쉬움에 가슴 조이던
머언 먼 젊음의 뒤안길에서
인제는 돌아와 거울 앞에 선
내 누님 같이 생긴 꽃이여

노오란 네 꽃잎이 피려고
간밤엔 무서리가 저리 내리고
내게는 잠도 오지 않았나 보다.

(서정주徐廷柱)

깃발
이것은 소리 없는 아우성.
저 푸른 해원을 향하여 흔드는
영원한 노스탤지어의 손수건.
순정은 물결 같이 바람에 나부끼고
오로지 맑고 곧은 이념의 푯대 끝에
애수는 백로처럼 날개를 펴다.

아! 누구인가?

이렇게 슬프고도 애닲은 마음을

맨 처음 공중에 단 줄을 안 그는.

(유치환柳致環)

사슴

모가지가 길어서 슬픈 짐승이여,

언제나 점잖은 편 말이 없구나.

관이 향기로운 너는

무척 높은 족속이었나 보다.

물 속의 제 그림자를 들여다보고

잃었던 전설을 생각해 내고는,

어찌할 수 없는 향수에

슬픈 모가지를 하고

먼 데 산을 바라본다.

(노천명盧天命)

들국화

나는 들에 핀 국화를 사랑합니다.

빛과 향기 어느 것이 못하지 않으나

넓은 들에 가엾게 피고 지는 꽃 일래

나는 그 꽃을 무한히 사랑합니다

나는 이 땅의 시인을 사랑합니다.

외로우나 마음대로 피고 지는 꽃처럼

빛과 향기 조금도 거짓 없길래

나는 그들이 읊은 시를 사랑합니다.

(이하윤異河潤)

봄을 기다리는 마음

우수도

경칩도

머언 날씨에

그렇게 차가운 계절인 데도

봄은 우리 고운 핏줄을 타고 오고

호흡은 가빠도 이토록 뜨거운가?

손에 손을 쥐고

볼에 볼을 문지르고

의지한 채 체온을 길이 간직하고 픈 것은

꽃 피는 봄을 기다리는 탓이리라.

산은

산대로 첩첩 쌓이고

물은

물대로 모여 가듯이

나무는 나무끼리

짐승은 짐승끼리

우리도 우리끼리

봄을 기다리며 살아가는 것이다.

(신석정辛夕汀)

청자青瓷부賦

선은

가냘픈 푸른 선은

아리따웁게 구을러

보살같이 아담하고

날씬한 어깨여

4월 훈풍에 제비 한 마리

방금 물을 박차 바람을 끊는다.

그러나 이것은

천 년의 꿈 고려 청자!

빛깔 오호 빛깔!

살포시 음영을 던진 갸륵한 빛깔아

조촐하고 깨끗한 비취여

가을 소나기 마악 지나간

구멍 뚫린
가을 하늘 한 조각,
물방울 뚝뚝 서리어
곧 흰 구름장 이는 듯하다.

그러나 오호 이것은
천년 묵은 고려 청자기!

술병 물병 바리 사발
향로 향합 필통 연적
화병 장고 술잔 벼개
흙이면서 옥이더라.

구름무늬 물결 무늬
구슬무늬 칠보무늬
꽃무늬 백학 무늬
보상화문寶相華紋 불타佛陀 무늬
토공이요 화가더라
진흙 속 조각가다.
그러나 이것은
천년의 꿈, 고려 청자기!

(박종화)

승무僧舞

얇은 사 하이얀 고깔은
고이 접어서 나빌레라.

파르라니 깎은 머리
박사 고깔에 감추오고,

두 볼에 흐르는 빛이
정작으로 고와서 서러워라.

빈대에 황 촉 불이 말없이 녹는 밤에
오동잎 잎새마다 달이 지는데,

소매는 길어서 하늘은 넓고,
돌아설 듯 날아가며 사뿐히 접어 올린 외씨 버선이여!

까만 눈동자 살포시 들어
먼 하늘 한 개 별빛에 모두 오고,

복사꽃 고운 뺨에 아롱질 듯 두 방울이야
세사에 시달려도 번뇌는 별빛이라

휘어져 감기 우고 다시 접어 뻗는 손이

깊은 마음속 거룩한 합장인 양하고,

이 밤사 귀또리도 지새우는 삼경인데,
얇은 사 하이얀 고깔은 고이 접어서 나빌레라.
(조지훈)

논개論介
거룩한 분노는
종교보다도 깊고,
불붙는 정열은
사랑보다도 강하다.
아! 강낭콩 꽃보다도 더 푸른
그 물결 위에
양귀비 곳 보다도 더 붉은
그 마음 흘러라.

아릿답던 그 아미蛾眉
높게 흔들리우며'
그 석류 속 같은 입술
죽음을 입맞추었네.
아! 강낭콩 꽃보다도 더 푸른
그 물결 위에
양귀비꽃보다도 더 붉은

그 마음 흘러라.

흐르는 강물은
길이 길이 푸르리니
그대의 꽃다운 혼
어이 아니 붉으랴.
아! 강낭콩 꽃보다도 더
푸른 그 물결 위에
양귀비꽃보다도 더 붉은
그 마음 흘러라.
(변 영로)

나그네
강나루 건너서
밀 밭 길을

구름에 달 가듯이
가는 나그네

길은 외줄기
남도 삼백 리,

술 익은 마을마다

타는 저녁 놀

구름에 달 가듯이
가는 나그네.
(박목월)

꿈을 말하라면 탁발托鉢 승僧이 되어 전국을 돌며
조그마한 보시로 살아가는 것이지요.
시도 짓고 바둑도 두면서
아무런 구애 받지 않는 생활을 하고 싶다. (조치훈 기성)

*

알프레드 코집스키|Alfred Korzybsky, 1879~1950

폴란드 수학자. 1938년 이후, 미국의 언어학자. 그의 연구 방법이
『일반 의미론』이다. 그의 주장의 핵심은 '과학과 sanity'이다.

– 언어와 비언어를 엄격히 구별한다.
– 절대 진술과 개괄 진술을 배격한다.

*

『사서오경』四書五經의 명언名言

아는 것은 안다 하고, 모르는 것은 모른다고 하는 것, 이것이 참으
로 아는 것이다.공자

일흔 살에는 마음이 하고자 하는 대로 행동해도 법도정도에 벗어나

지 않았다.^{공자}

옛 것을 익히고 새 것을 알면 능히 남의 스승이 될 수 있을 것이다.^{공자}

잠잠한 가운데 깨닫고, 배우면서 싫증 내지 아니하며 남을 가르침에 게으르지 않았다.^{공자}

나의 사욕을 이겨 예로 돌아가는 것이 곧 인仁이다.^{공자}

말은 반드시 믿음직하게 하고 행동은 반드시 과단성果斷性이 있어야 한다.^{공자}

군자는 화합하되 뇌동雷動하지 않고 소인은 뇌동하되 화합하지 못한다.^{공자}

공손하면 모욕을 당하지 않고, 관대하면 여러 사람의 지지를 받고, 신의가 있으면 남들이 일을 맡기고, 민첩하면 공적을 세우게 되고, 은혜를 베풀면 능히 사람을 부릴 수 있다.^{공자}

인자한 사람에게는 적이 없다.^{맹자}

건乾은 크게 통하니 곧고 바르게 하면 이롭다. 원형이정元亨利貞

건이란 하늘이고 남성이고 강하고 씩씩한 기운, 즉, 순수한 양기이다. 이 기운을 본받아서 마음을 곧고 바르게 하여 덕을 행하면 만사가 크게 통한다. 또 원형이정은 천지 자연의 원리로서 원은 봄이니 만물의 시초요, 형은 여름이니 만물이 자라고, 이는 가을이니 만물이 이루어지며 정은 겨울이니 만물을 거두는 것이라고 했다. 원형이정은 여기서 비롯되었다.『주역』에 나오는 말

불경不敬하지 말라.『예기(禮記)』에 나오는 말

무불경毋不敬은 무슨 일에나 삼가서 하고 공손恭遜하라. 언제 어디서 누구를 만나더라도 항상 공경하는 마음으로 대한다면 그것이 곧 예禮의 근본이 되는 것이다. 즉, 예는 공경恭敬으로 시종 되는 인간 사회의 질서이다.

아는 사람은 말하지 않고, 말하는 사람은 알지 못한다.

믿음직스러운 말은 아름답지 않고, 아름다운 말은 미덥지 않다.노자

*

말 한 마디도봉산방 석천

- 부주의한 말 한 마디가 싸움의 불씨가 되고,

- 잔인한 말 한 마디가 삶을 파괴한다.

- 쓰디쓴 말 한 마디가 증오의 씨를 뿌리고,

- 무례한 말 한 마디가 사랑의 불을 끈다.

- 은혜스런 말 한 마디가 길을 평탄케 하고,

- 즐거운 말 한 마디가 하루를 빛나게 한다.

- 때에 맞는 말 한 마디가 긴장을 풀어주고,

- 사랑의 말 한 마디가 축복을 준다.

*

시간의 철학 Bertrant Arthur William Russell, 1872~1970, 영국의 철학자

- 생각하는 시간. 생각은 판단과 행동의 원리이다.

- 독서하는 시간. 독서는 지혜의 샘이다.

- 기도하는 시간. 기도는 용기와 신념의 원천이다.

- 사랑하고 사랑받는 시간. 사랑은 기쁨과 행복이다.

- 쉬고 노는 시간. 그것은 위락이요, 스트레스 해소이다.

- 친구 사귀는 시간. 친구는 영원의 재산이다.

- 웃는 시간. 웃음은 영혼의 음악이다.

- 일하는 시간. 일은 삶의 보람이다.

- 자선 베푸는 시간. 자선은 복을 심는 기초이다.

*

아기와 어린이 훈육訓育의 지침指針

부정적否定的인 부분

꾸지람은 비난을 키워주고

미워함은 논쟁을 키워준다.

놀림은 위축되어 수줍음을 타게 한다.

*

긍정적肯定的인 부분

관용寬容은 인내심을 키워주고,

격려激勵는 자신감을 심어준다.

칭찬稱讚은 감사할 줄 알게 하고,

공정公正은 정의감을 키워주며

안정安定은 신뢰감을 준다.

두둔해 줌은 긍지矜持를 갖는다.

인정과 우정 속에서 충만함을 알게 한다.

*

소노 아야코曾野綾子, 완본完本, 『계로록』戒老(錄) 노인을 향해 경계해 이르는 말

- 남이 줄 것을 기대하지 않는다.

- 남의 도움받기를 당연시하지 않는다.

- 가족에게는 무엇을 말해도 좋다고 생각지 않는다.

- 남의 생활을 간섭하지 않는다.

- 남의 생활을 있는 그대로 인정해준다.

- 한탄하는 일은 아무 소용이 없다.

- 밝게 생각하고, 밝게 행동한다.

- 남을 비꼬는 말은 의식적으로 삼간다.

- 무엇이든 스스로 한다.

- 젊은이와 겨루지 않고 젊은이를 세워준다.

- 젊은이는 원래 바쁘다고 생각한다.

- 거짓말하지 않는다.

- 공격적인 태도를 취하지 않는다.

- 태도가 나쁘다고 상대를 비난할 필요는 없다.

- 의사가 못마땅하다고 성내지 않는다.

- 항상 자기가 옳다고 생각지 않는다.

- 즐거운 시간을 가지려면 돈 쓸 각오를 하라.

- 혼자서 노는 버릇을 길러라.

- 어떤 일에도 감사하는 인사를 잊지 않는다.

- 남에게 일을 시킬 때, 불평을 삼간다.

- 고정관념에 매이지 않는다.

- 새로운 기기 사용에 적극적인 관심을 쏟는다.

- 평균 수명을 넘기면 공직을 갖지 않는다.

- 건강 보조식품과 건강 기구 등을 함부로 남에게 권하지 않는다.

- 갑작스러운 감정변화는 어디인가에 병증病症이 있음이다.

- 러시아워 때, 교통수단을 이용하지 않는다.

- 손에 짐을 들지 않는다.

- 몸 냄새와 입 냄새에 신경쓴다.

- 복장과 일용품은 항상 신품으로 바꾼다.

- 없앨 것은 없애고, 버릴 것은 버린다.

- 친구의 부음訃音을 들어도 흔들릴 필요가 없다.

- 체력과 기력이 남보다 낫더라도 뽐내지 않는다.

- 전에는 잘나갔다고 뽐내지 않는다.

- 허둥대지 말고, 서둘지 말고, 뛰지 말 일이다.

- 밖에서는 긴장할 것.

- 잘 걸어 다닐 수 있게 걷기 운동을 일상화한다.

- 매일 적당량의 운동을 일과로 삼는다.

- 전화, 우편, 은행, 동리 민원 센터 일은 스스로 한다.

- 바람과 비 그리고 추위를 두려워한다.

- 일정 시기가 오면 관혼상제冠婚喪祭에 결례한다.

- 일찍 자고 일찍 일어난다.

- 기뻤던 일을 자주 회상한다.

- 늙어서도 일할 수 있는 사람은 행복하다.

- 행복한 일생도 행복하지 않은 일생도 모두 일장춘몽一場春夢이다.

- 노년의 가치 있는 일은 남과의 화해和解이다.
- 종교와 신앙에 대하여 관심을 가지고 시간을 보낸다.
- 덕德을 쌓는 일로 노년老年을 보낸다.
- 건강의 비법秘法, 성 내지 않음, 급히 서둘지 않음, 지나친 우려를 삼간다.
- 종교적 신념을 갖는다. 기독교라면, 항상 기뻐하라, 쉬지 말고 기도하라, 범사에 감사하라.

*

식사문式辭文 작성의 요령

- 문장 작성에 앞서 의식의 성격과 목적 그리고 의의 등을 분명히 파악한다.
- 글은 예절을 갖추어 써야한다.
- 의식의 중심에 대한 자기와의 관계를 잘 파악한다.
- 낭독, 읽기에 적합하도록 써야한다.
- 시간의 배정 및 조절에 유의한다.
- 그 자리에 모인 청중의 지적 수준을 고려함은 물론이다.
- 문장이 예의를 갖추고도 정의情誼가 넘쳐야 한다.
- 식사 내용에 따라, 기뻐하는 마음, 축하하는 마음, 애도하는 마음, 격려하는 마음, 위로하는 마음 등이 고려된다.
- 의례적이지만 의식 참석자가 감동하고 공감할 수 있는 열의가 담긴 글이어야 한다.
- 아직 발표하지 않은 복안腹案을 준비한다. 글을 어떤 각도에서 쓸

것인가, 어떻게 구성할 것인가? 그리고 식사 자료에 대한 구체적이고 상세한 사전 조사가 따라야 함은 물론이다.

- 구성상 유의 사항은 식사의 도입부, 식사의 중심부, 문장의 통일과 조화, 그리고 결어부에 유의한다.
- 초안의 기초 단계에서 재료를 완전히 소화하고 쓰기 시작할 때, 한 걸음씩 걷는 기분으로써 나아간다.
- 끝으로 퇴고推敲할 때, 예정대로 썼는지 불필요한 부분은 없는지 신중히 고려한다.

*

게티스버그의 연설 명구名句

"우리는 이 나라를 영원히 지키기 위하여 이곳에서 목숨을 바쳤던 사람들의 마지막 휴식처가 되도록 이 싸움터의 한 부분을 헌정하기 위하여 왔습니다.

우리는 이곳에서 그들의 죽음이 헛되이 돌아가지 않으리라는 굳은 결의를 하는 것이며 하느님의 가호 아래 이 나라가 자유의 새로운 탄생을 누리게 하리라는 것과 국민의 국민에 의한 국민을 위한 정부가 지구 상에서 멸망하지 않으리라는 굳은 결의를 하는 바입니다."애

브라함 링컨, 1863.11.19, 펜실베니아 주 게티스버그에서 행한 연설

*

존 케네디의 대통령 취임사 명 연설, 명구

친애하는 미국 국민 여러분!

조국이 여러분을 위해 무엇을 할 수 있는가를 묻지 마십시오. 여러분이 조국을 위해 무엇을 할 수 있는가를 물으십시오.

친애하는 세계 시민 여러분!

미국이 여러분을 위해 무엇을 할 것인가를 묻지 마십시오. 우리 모두가 인간의 자유를 위해 무엇을 할 수 있겠는가를 물으십시오._{존 케네}

디, 1961.1.20, 워싱턴에서 행한 대통령 취임사

＊

패트릭 헨리

"나에게 자유를 달라. 그렇지 않으면 죽음을."

우리는 왕좌 앞에 엎드려 영국 내각과 의회의 포악스러운 손짓을 막아 달라고 했습니다.

이제는 희망을 걸 여유가 없습니다.

우리가 자유를 바란다면 우리는 싸워야 합니다.

우리는 약하지 않습니다. 여러분이 바라는 것은 무엇입니까?

쇠사슬과 노예의 대가로 얻어지는 고귀한 생명입니까? 평화입니까?

단연코 그런 일이 없기를 바랍니다!

나에게 자유를 달라, 그렇지 않으면 죽음을!"_{패트릭 헨리, 1775.3.28, 하원, 버}

지니아 주 대표자 회의

＊

미국 대통령의 조건_{條件, 시사 주간지 『타임』 게재 분, 1982.12}

– 대통령 다워 보여야 한다.

- 굉장한 정력가일 것이다.

- 좋은 체격을 지녀야 한다.

- 운동에 능하고 야외 활동을 즐겨야 한다.

- 인격적으로 고결한 성품일 것.

- 인내심과 건전한 자신감.

- 매사 추진력이 있어야 한다.

- 공정성은 물론이고,

- 아량이 있어야 한다.

- 신뢰감이 느껴지고,

- 인정이 있으며,

- 풍채가 좋고, 위엄이 있으며,

- 신비스러운 느낌을 줘야 한다.

- 도덕적 및 신체적으로 용기가 있어야 한다.

- 무신경은 안 되지만 그 정도로 강력해야 한다.

- 운명 극복의 자기 확신이 있다.

- 안정되며 착실하고 정상적이고 건전하다.

- 대통령직에 연연하지 않는다.

- 우수한 지력智力의 소유자.

- 사물을 단순화해 본다.

- 역사관이 분명하다.

- 국가를 위해 대국적으로 일한다는 국가관이 분명해야 한다.

- 정치 철학은 지적으로 정치 경험에서 연마되어야 편파성을 극
  복할 수 있다.

- 종교를 가져야 할 필요가 있다.

- 매스컴을 잘 다루는 커뮤니케이터.

- 유머 감각이 있어야 한다.

- 낙관론자일 것이다.

- 호기심을 가지고 중론을 청취해야 한다.

- 사람 다룸에 능숙하다.

- 부하보다 많은 일을 한다.

- 일의 우선 순위를 정하는 감각이 필요하다.

*

아리스토텔레스384~322 B.C.

"변론辯論법法 Rhetoric은 설득 방법을 창출해 내는 능력이다. 이 방법에 2가지가 있다. 하나는 기술技術에 따르는 것이고, 다른 하나는 비기술에 따르는 것이다. 기술은 화자의 인품ethos요, 청자의 정서 환기pathos이며, 화법의 설득logos이다. 그리고 비기술은 증인, 자백, 물증이다."

시련試鍊의 극복, 아디스 휘트먼

- 행복을 습관화 하라.

- 변화를 받아들이라.

- 포기하지 말라.

- 남들과 화목和睦하라.

- 오늘에 살라.

- 꿈꾸기를 두려워 말라.

- 시련 극복의 구명 조끼는 책, 음악, 신앙, 목표, 꿈이다.

*

스티븐 코비의 『성공하는 사람들의 7가지 습관』

- 모든 것을 스스로 결정한다.

- 자기 선언서를 작성한다.

- 일에 대한 경중 및 완급의 순서를 판단한다.

- 상호 승리의 철학에 유념한다.

- 공감적 경청傾聽 기술에 익숙하다.

- 인간관계에서 시너지 효과를 거둔다.

- 심신 단련에 힘쓴다.

설득 커뮤니케이션

*

논쟁의 해결 방법은 4가지가 있다. 1. 긍정법 2. 부정법 3. 듣고 흘리는 법 4. 전환轉換법 등이다.

*

『남을 내 뜻대로』_{로버트, 박달규 역}

남이 필요로 하는 것을 그들에게 베풀어 주면 그들은 당신이 필요한 것을 베풀어 준다.

당신의 사랑을 언어로 표현할 때, "도와드릴까요?" "용서하십시오." "참 좋아요." "제발 부탁하겠습니다." "당신은 참 좋은 분입니다." "몹시 힘드셨지요?" "제발 좀 부탁합니다." "제 것을 써 주십시오." "당신의 여행 얘기를 들려주세요." "기다리겠습니다." "고맙습니다." "감사합니다."

*

설득, 그것은 사람들에게 감정적인 필요를 만족시키는 것이다.

*

불쾌한 질문質問

남이 행한 일에 왜 그렇게 했는지 묻지 않는다.

유도 질문을 하지 않는다.

질문의 집중 공세로 억지 동의를 얻지 않는다.

상대방 프라이버시에 관한 질문.

남을 괴롭히는 질문.

자기에게 유리한 점을 찾아내고자 하는 질문.

상대를 궁지로 모는 질문.

＊

우리는 한번 "네"라 대답하면 계속 "네"라 대답하게 된다. 또 작은 결단을 내리는 일은 큰 결단을 내리는 일보다 훨씬 용이하다.

＊

저항이나 반항에 대처하는 8개 항의 기본 자세

- 언어 구사에 매우 조심한다.

- 강제력, 권력, 폭력, 위협, 공포심, 노기 등을 피하고 상대에게 호의를 보인다.

- 상대의 저항 및 반항을 존중한다.

- 가능한대로 싸우지 않는다.

- 상대로 하여금 반항을 이어가는 상황으로 몰아가지 않는다.

- 상대방 잘못을 함부로 지적하지 않는다.

- 상대가 승리를 놓친다고 두려워할까?

- 이 쪽이 인내하고 질문하고 경청한다.

*

『조선일보』 사설[1981.11.1]

말의 슬기와 기능, 민주적 대화의 생활화를 위해 말해야 할 때와 자리에서 꼭 해야 할 말 만을 말한다는 것은 매우 어렵다.

쓸 데 없는 말만 늘어놓아 말 아니 한 것만 같지 못한 결과를 빚는다.

대화는 서로의 인격이 나타나고 만나는 교류일 것이다.

말씨가 부드럽고 세련 되었으며 간결 명료한 것을 특징으로 해야 한다.

때로 유머가 담겨 화기가 감도는 대화를 나눈다.

사람들은 평등한 대화에 익숙한 분위기에 살지 못했다.

어릴 때부터 말하고 듣는 훈련과 교육이 부족했고 어느 회의나 심포지엄 같은 데서 발언 않고는 못배기는 사람들이 있다.

토론 과정의 핵심과는 거리가 먼 일반적인 자기 소견을 장황하게 피력하는 자기 존재 과시형의 연사들이 언제나 회의장의 물을 흐려 놓는다.

말은 개개인의 지성과 인격의 결정結晶을 용기와 슬기로 배출해 내는 것이다.

말하고 듣는데 둔한했다는 것이다.

진실만을 단순하고 소박하게 말하며 이를 곧이곧대로 듣는 관습이 자리 잡히지 않는다.

간결하고 명쾌하게 묻고 답하는 버릇이 없다.

국민 모두가 말하는 기술과 방법을 익혀야 한다.

그것이 민주주의 사회를 건설하는 바탕이기 때문이다.

*

효과적인 화법 ⑴

- 구체적인 것.

- 흥미 있는 것.

- 도움되는 유익한 것,

- 대화체를 살린다.

- 화자가 강력히 호소하고자 하는 것은 음악적으로 표현할 필요
  가 있다. 예컨대, "국민의 국민에 의한, 국민을 위한 정치"

- 마음에 남는 명 문구를 인용한다.

- "청년이여! 큰 뜻을 품어라!" 아브라함 링컨.

- "노병은 죽지 않는다. 다만 사라져 갈 뿐" 더글라스 맥아더.

- "여러분을 위해 국가가 무엇을 할 것인가를 묻기 앞서, 여러분이
  국가를 위해 무엇을 할 것인가를 물으라!" 존 케네디.

효과적인 화법 ⑵

- 말에 앞서 마음있고, 말 뒤에 행동있다.

- 말에는 지우개가 듣지 않는다.

- 말은 칼날과 같다.

- 말은 사람이 행복해지기 위한 도구이다.

- 얼굴 화장보다 말의 화장에 힘쓰라.

- 미소는 미용을 능가한다.

- 인사가 사람 마음을 여는 열쇠이다.

- 인사는 상대에 대한 경의와 호의의 표현이다.

- 세상이 거울이다.
- 말은 돌아온다.
- 칭찬은 재능을 키우고 선행善行을 낳는다.
- 눈물을 흘리기 앞서 땀을 흘려라.
- 젊음은 무한한 가능성을 지니고 있다.
- 얻고자 하면 먼저 주라.
- 실천 없는 지식은 무지無知와 같다.
- 선善을 행함에 용기를 발휘하라.
- 계속이 노력이요, 힘이다.

대화를 살린 실례
- 자기가 한 일, 본 일을 그대로 말로 표현한다.
- 자기가 한 말 들은 말을 그대로 재현한다.
- 순간 머리에 떠오른 것을 말한다.
- 그것에 관한 자기의 현재 심정을 말한다.
- 세간世間에서 보는 일반의 관례를 말한다.

대화의 분위기 조성
- 피차 긴장을 약간 푼다. 내가 먼저 푼다.
- 예절을 지킨다. 친절을 보이고 상대를 편하게 돕는다.
- 유머 감각을 발휘한다.
- 상대의 기분, 힘, 자존심 등을 중요시한다.
- 공감대sympathy를 형성한다. 일치감rapport을 공유한다.

- 감정 이입^{empathy}을 잘한다.

화법의 유형

대화^{talk, dialogue, conversation}

대화는 피차 인격의 만남이요, 인격의 교류^{交流}이다.

대화는 피차 말하기 듣기의 역할 교환이다.

대화는 나를 알리고, 남을 알면서 공동 협력의 장^場을 만들어 나간다.

능숙한 대화

- 관심을 끄는 정보.
- 도움되는 아이디어.
- 건설적인 제안.
- 정황^{情況}에 맞는 뉴스.
- 자연스러운 태도.
- 참을 성 있게 듣는 일.
- 폭 넓은 화제^{話題}.
- 알기 쉬운 말.
- 기분 좋은 매너.
- 우정이 교차되는 분위기.
- 아이디어의 적절한 결합.
- 조리 있고 간결한 내용의 이야기.
- 진실과 성실.
- 지식과 상식.

연설speech, address

연사가 많은 공중公衆을 상대로 자신의 평소 지론이나 견해 및 소신을 말하는 화법이다. 보고 연설, 설득 연설, 정보 연설, 환담歡談 연설 등이 있고, 방법을 기준으로 원고 연설, 암기 연설, 메모 연설, 즉석 연설 등이 있다. 최근 프롬터를 쓰는 연설이 새롭다.

연설의 구성

- 주의를 끈다. 놀라운 말. 질문. 증언. 뉴스. 경험. 사건. 유머. 인사. 공통 기반.
- 필요를 보인다. 연사가 갖는 관심. 청중이 들을 가치. 연사의 자격. 주목할 사실. 사건. 연사의 입장. 주제의 범위 등.
- 필요 충족. 중심 아이디어 제시. 주제를 밝히는 화제. 이에 따른 설명 설득 보고 환담 등.
- 구체화. 사실. 숫자 및 통계. 조사 결과. 증언. 증거. 논거. 사례 등의 제시.
- 행동화. 요약 강조 결론 호소 결의 계획 행동 촉구 비전 제시 등.

연설의 설계

표제타이틀, 주제테마, 목적일반 목적, 특정 목적, 도입주의와 관심, 전개주요 아이디어 또는 부제, 요점, 종결요약, 비전 제시, 행동 촉구.

토의discussion

주어진 문제를 앞에 놓고 복수의 사람이 중심에 모여 해결책을 강구하는 유형의 화법이다.

- 패널panel 토의는 패널이 모여 생활 문제 당사자가 주어진 문제를 중심으로 해법을 토의한다.
- 심포지엄symposium 토의는 전문가 및 학자 중심 분과 별 토의가 특색이다.
- 포럼forum 토의는 사회 문제를 주제로 하는 공개 토의 형식이다.

각 토의는 대체로 사회가 있으며 방청객이 참관한다. 문제 해결의 강구가 당면 과제이다.

토론debate

해결책 또는 논제를 놓고 대립되는 의견을 가진 각각 다른 양립되는 두 입장의 사람이 자기 입장의 증거와 논거를 대고 상대를 논파論破하는 유형의 화법이다.

- 심판과 규칙을 미리 정한다.
- 토론의 처음과 끝은 긍정肯定 측이 발언한다.
- 사회moderator가 있다.

토론의 논제issue

- 사실에 관한 논제예) 담배는 사람 몸에 해롭다.
- 가치 판단에 관한 논제예) 임권택은 명 감독이다.
- 정책에 관한 논제예) 국회의원 수를 줄여야
- 응용형의 논제예) 생산성을 배가(倍加)하려면, 직장 분위기의 쇄신 등

회의meeting, conference

당면 문제를 해결하기 위해 다수의 사람이 모여 협의하는 화법이다.

사회자와 임원, 참가자가 있다. 일반적 회의와 의사법議事法 회의가 있다.

다수의 원칙, 소수의 원칙, 부재자不在者의 원칙 등이 있다.

한 가지 문제에 대하여 참가자들이 의견을 교환함으로써 최선의 해결책을 결론으로 제시한다.

- 문제 및 주어진 상황에 주목한다.
- 각 방면으로 문제를 분석한다.
- 문제의 해결책을 토의한다.
- 문제에 따른 최선의 해결책을 강구한다.
- 실행 방법을 결정한다.
- 어느 회의이든 여기에 리더와 멤버가 있다.

회의의 개념

- 두 사람 이상의 사이에서 행하는 협의를 위한 대화 형식이다.
- 집단 생활은 개개인과의 의사 조정과 통합을 필요로 한다.
- 경영상 회의는 한 가지 관리 방편이다.
- 공통 목적 달성을 위해 동시에 동일 장소에 모여 상호 협력한다.
- 자기 계발, 모럴 향상, 정보 수집, 지식 향상, 문제 해결에 도움을 준다.

회의會議 운영 (1)

- 회의의 회는 합치를 뜻하고, 의는 의논을 뜻한다.
- 정보 교환을 중심으로 주어진 문제를 해결한다.
- 회의는 협의를 위한 형식이다.
- 개개인의 의사 조정과 통합을 시도한다.
- 그런데 우리 회의는 대개 정시 시작이 드물고 정시 종료는 더욱 드물다.
- 회의는 원칙적으로 기록을 남긴다.
- 회의는 계획, 준비, 실시, 검토 단계를 밟는다.
- 리더의 자제自制가 그때마다 필요하다.
- 그때마다 참가자의 표현력, 지력, 용기, 정보, 판단력이 필요하다.
- 멤버 상호 간에 예리한 감각이 필요하다.
- 청聽무성無聲 할 수 있어야 한다.
- 감정 이입移入을 한다.
- 지명 질문과 전체 질문이 있다.
- 회의는 도입, 전개, 결론, 정리의 단계를 거친다.

회의 운영 (2)

- 리더는 토의 사항 및 예상 결론을 미리 파악한다.
- 시간이 걸리면 적절한 휴게休憩 시간을 갖는다.
- 알코올은 금물이나 가벼운 다과는 좋다.
- 어려운 내용은 쉽게 표현한다.
- 각자 자가 도취는 삼간다.

- 이목구비耳目口鼻기肌의 장애를 피한다.

- 감정보다 지적 표현에 힘쓴다.

- '우리'라는 말은 일체감을 준다.

- 한 사람의 지혜보다 전원 일치로 의견을 모은다.

- 개략적槪略的 진술이나 단정적斷定的 발언을 피한다.

- 회의 전후 로빙lobbing이 필요하다.

- 인신 공격성 발언을 피한다.

- 회의 분위기는 날씨와 같다.

- 일언거사一言居士나 침묵거사沈默居士는 모두 삼간다.

화제話題 선택

일반 화제

- 날씨와 뉴스, 상대방 장점, 나의 허점, 실수와 실패.

- 신변 잡화, 여행, 명승지, 고적, 풍속, 습관.

- 교우, 지기, 유명 인사.

- 직업, 사업.

- 가족, 질병, 요법.

- 의식주와 남녀 교제.

말하고 싶은 화제

- 자기자랑.

- 자기경험.

- 불평불만.

- 요구 및 건의사항.
- 남의 험담, 스캔들, 가십.

듣고 싶은 화제
- 이익 추구 및 욕구 추구.
- 행동에 필요한 것.
- 욕구 불만 해소.
- 뉴스와 정보.
- 지식과 지혜.
- 유명인의 일화逸話.
- 새로운 아이디어.
- 유머와 조크.
- 호기심이 가는 것.
- 상식에 따른 화제.
- 만족滿足을 주는 것.

설득의 심리적 요소
- 인격에 호소하는 것.
- 명예에 호소하는 것.
- 감정에 호소하는 것.
- 윤리적 호소와 논리적 호소.
- 공포심恐怖心의 자극.
- 인정人情에 호소하는 것.

- 증거, 증인, 자백.
- 여론 및 경향 인용.
- 숫자와 통계 인용.
- 호감과 환심歡心을 산다.
- 구체적 실례.
- 일치감rapport, 공감sympathy, 감정이입empathy.
- 반복 호소.

Alan H. Monroe의 말하기와 듣기 과정

- 화자의 아이디어생각, 느낌, 뜻.
- 언어 기호로 옮기다.
- 어휘 선택 기준. 쉬운 말, 그 뜻을 담은 그 말, 비속어는 피한다.
- 전문 용어의 배제排除. 가급적 유행어를 피한다.
- 언어 신경 자극.
- 발언, 국어발음과 음성 표현법에 유의한다.
- 청자의 청각 울림.
- 청자의 뇌 신경 자극.
- 음을 청취한다.
- 어와 문으로 인식한다.
- 일련의 언어 기호에 의미를 부여한다.
- 반응, 양성陽性 반응과 음성陰性 반응이 있다.

효과적 청법聽法

- 정신 집중. 인간이 같은 대상에 대하여 의식을 집중하는 시간은 불과 3초에서 24초라는 실험 심리 연구의 보고가 있다.
- 적절한 질문. 직접적이고 예의 바른 질문을 한다. 한 번에 한 가지씩 질문을 한다.
- 적절한 응대應對 어. 그렇지요, 그렇고 말고, 물론이지요, 그리고요, 아, 그랬나요 등.
- 확인確認, 피차 메시지에 대한 확인이 그때마다 필요하다.
- 청자는 화자의 메시지가 참인지 아닌지의 여부를 부단히 여과濾過 장치로 확인한다.
- 1983년, U.N은 그 해를 '커뮤니케이션의 해'로 공식 선포宣布한 바 있다.

효과적 화법話法

1. 누구에게 말하나? 화자의 이야기를 들어줄 청자 및 청중을 분석해 보는 것이다. 이때, 인간의 욕구欲求를 염두에 둘 것이고, 한국인의 의식意識을 생각하며 현장의 상대방을 고려할 일이다.
2. 무엇을 말하나? 말하기 목적에 따른 주제主題를 정하고, 특정特定 목적과 일반一般 목적을 생각하며 화제話題를 선택하고 도입, 전개, 결어를 짠다.
3. 어떻게 말하나? 우선 말소리가 분명하고, 이야기가 쉽고, 이야기가 관심과 흥미를 끌 것이며, 유익有益하고, 이따금 감동感動을 줄 것이며 여운餘韻을 남길 일이다.

＊

토론의 논리

- 연역법演繹法, 일반론에서 결론으로 나간다.

- 귀납법歸納法, 결론에서 일반론으로 나간다.

- 대전제大前提, 사람은 죽는다. 소전제小前提, 아무개는 사람이다. 결론 아무개도 죽는다.

- 추리법推理法, 기지의 사실에서 미지의 사실을 미루어 생각한다. 예, 사체 부검으로 사인을 규명한다.

- 추론, 작품 분석을 통해 작가의 세계관을 미루어 생각한다.

- 유추類推, 특수 사실에서 다른 유사 사실을 추리한다.

- 분석 및 종합.

- 변증법, 대화를 통해 진리에 도달하는 법, 이를테면, 소크라테스식 문답법. 해겔에 의해 정식화 되었다. 정. 반. 합.정립, 반정립, 종합

- 기지의 사실에서 미지의 사실로. 시간적 순서, 공간적 순서.

- 문제 해법, 절차는 첫째, 문제 제기, 둘째, 가능한 모든 해결책, 셋째, 가장 적절한 방법을 선택, 넷째, 실시를 위한 구체적 방안.

＊

아브라함 링컨의 전기傳記를 읽은 Andrew Carnegie의 말

링컨은 말하는 도중에 말을 끊는다.

청자 마음에 강한 인상을 주고자 할 때 말을 멈추었다.

강조하고 싶은 어구를 말하고 곧 침묵하였다.

*

윌리엄 셰익스피어 영국 희곡 작가

말이 제 구실을 하지 못할 경우, 차라리 순수하고 진지한 침묵이 사람을 설득시킨다.

소리 없는 소리요, 말이 없는 말이지만 표현의 뜻은 매우 강하다.

*

Pause의 유형에 어떤 것이 있는가?

– 이야기의 구조를 보이는 것.

– 상대의 이해를 바라는 것.

– 생략으로 암시하는 것.

– 반성을 촉구하는 것.

– 의미를 강조하는 것.

– 기대를 안겨주는 것.

– 여운을 남기는 것.

– 포즈를 살리려면 적절한 어조, 및 속도 변화가 따라야 한다.

포스를 우리는 공백 표현, 띄어 말하기, 띄어 읽기, 또는 끊어 말하기라 한다.

*

희극이라면?

인간의 감정, 행위에 있는 모순, 배리背理, 불균형 같은 약점을 묘사하여 익살 또는 이와 유사한 미적 효과를 내게 하는 종류의 희곡戲曲이다.

명랑 경쾌한 기분으로 인간의 결함, 사회적 병폐를 묘사하여 지성에 호소하고, 웃음 속에서 분규紛糾를 해소, 행복한 결과를 가져온다.

희극의 특질이라면?

전체의 대화, 상황, 성격의 관련 속에서 보여지는 고유의 정신적 효과에 있다.

대상이 어떤 모순을 보이는 것과 동시에 그것이 일종 우월감으로 용납되는 데서 성립한다.

주제는 대체로 경미한 악습이나 흔히 있는 어리석은 행동이 가장 좋은 소재이다.

Thomas Hobbes, 우월감이 웃음으로 나타난다 했고,

Descartes Rene, 남의 불행이 웃음으로 나타난다 했으며,

Alexander Bain, 남의 권위 상실이 웃음으로 나타난다 했다.

Schopenhauer Arthur, 관념과 실제가 어긋날 때

Kant, Immanuel, 긴장시킨 기대의 돌연한 소실消失

Henri Bergson, 기계적인 것과 살아있는 것의 모순

Freud, Sigmund, 고통에서의 도피

＊

웃음의 종류 (1)

- 감정이 없는 웃음

- 상징적 웃음

- 기쁨의 웃음
- 우스꽝스러운 웃음

웃음의 종류 (2)
- 과장
- 풍자
- 해학
- 유사 음어類似音語
- 전의轉意
- 속어俗語
- 동문서답東問西答
- 모방模倣과 무지無知
- 핀트에 안 맞는 말

유머 할 때
- 먼저 웃지 않는다.
- 마음에 여유를 갖는다.
- 재미 있는 이야기라고 전제하지 않는다.
- 상대를 보고 유머 소재를 택한다.
- 독창적인 것일수록 좋다.
- 서투른 재담才談은 하지 않는다.

＊

능숙한 대화

- 관심을 끄는 대화

- 도움되는 아이디어

- 건설적인 대화

- 때에 맞는 뉴스

- 자연스러운 태도

- 참을성 있게 듣는 일

- 폭 넓은 화제話題

- 알기 쉬운 말

- 기분 좋은 매너

- 우정이 교차되는 분위기

- 아이디어의 적절한 결합

- 흥미 있는 유머

- 조리 있고 간결한 내용

- 안정과 침착

- 진실과 성실

- 남에 대한 상찬賞讚

- 지식과 상식

- 기전氣轉을 위한 침묵

＊

연설 내용의 구성

- 주의를 끈다.

　놀라운 말, 질문, 증언, 뉴스, 경험, 사건, 유머, 인사, 공통 기반基盤.

- 필요를 보인다.

- 연사가 갖는 관심, 청중이 들어야 할 가치, 연사의 자격, 주목되
　는 사실 및 사건, 연사의 입장, 주제의 범위

- 구체화, 구체적 사실, 숫자 및 통계, 조사 결과, 조사 통계, 증언,
　증거, 논거, 사례 제시

- 행동화

- 요약, 결의, 계획, 비전 제시, 행동 촉구

＊

토론이란 어떤 것인가?

- 한 가지 논제를 놓고, 보기, 한반도의 평화적 통일

- 대립하는 두 팀 사이에 실시함

- 규칙참가 인원, 진행 방법, 심사 방법 등에 따른다.

- 논의는 단정이 아니라 입증된 것이어야 한다.

- 심판審判의 판정이 있다.

- 목적은 문제 해결, 의사 결정, 진리 탐구 등이다.

- 토의와 토론

- 토의는 문제의 해답을 얻는 시도요, 토론은 해답을 남에게 납득
　시키는 시도이다.

- 토의는 자유스러운 논의요, 토론은 규칙에 의거하는 논의이다.
- 토의는 토론의 전 단계요, 토론은 토의의 후 단계이다.

✽

대화의 능력*

- 개성의 매력
- 가치 있는 정보
- 지식, 경험, 그리고 다양하고 풍부한 화제
- 화법에 따른 다양한 예의
- 상대에게 변화를 줄 수 있는 설득의 힘

대화의 조건**

- 나와 너, 피차의 입장
- 사적이든 공적이든 목적이 있어야 한다.
- 대화에 분위기 조성이 필요하다.
- 피차 지켜야 할 '예의 및 에티켓'
- 음성, 어휘, 그리고 다양하고 풍부한 화제
- 의사 일치이든 불일치이든 공감共感이 있기 마련이다.
- 대화를 마칠 때, 사과 또는 감사의 의사 표시를 한다.
- 또 다시 만나기를 약속한다.

대화의 에티켓***

- 이야기 독점이나 혹은 말없는 침묵은 가급적 피한다.

- 자기 자랑이나 한탄은 극히 삼간다.

- 거짓말을 하지 않는다.

- 농담 야유 핀잔을 되도록 삼간다.

- 욕설, 험담, 독설은 금기 사항이다.

- 가급적 아는 체하지 않는다.

- 네 또는 아니 오를 분명히 말한다.

- 찬성과 반대의 의사 표시를 분명히 한다.

- 단정적 발언과 개략적 발언은 삼간다.

- 중상 모략은 가급적 피한다.

- 때로 자기 의견 수정이 필요하다.

- 흥분, 도전, 감정은 금물이다.

- 자기 개방, 이해, 관용이 필요하다.

- 피차 약점은 건드리지 않는다.

- 피차 공통의 기반을 다진다.

- 피차 약간의 일치 점도 확대한다.

- 남의 일에 참견하지 않는다.

- 남의 뒷공론은 가급적 피한다.

- 남의 의견에 함부로 비판하거나 반대하지 않는다.

- 남의 발언을 함부로 차단하지 않는다.

- 독선, 독단, 경솔함은 피한다.

- 유머 감각은 그때마다 필요하다.

- 의견 대립 시, '네, 그러나' 화법이 필요하다.

- 상대가 긍정으로 나올 수 있게 대화를 이끈다.

- 상대가 어느 한 쪽을 선택하게 말한다.
- 상대 주장에 이따금 동조한다.
- 상대 주장에 가급적 동조한다.
- 상대 이야기를 경청한다.
- 질문과 응대應對어語를 적절히 구사한다.
- 그때마다 확인이 필요할 수 있다.
- 가르칠 때, 가르치지 않는 것처럼 한다.
- 아름다운 심정에 호소한다.
- 호의를 보이고 호감을 산다.
- 상대에게, 인정감, 우월감, 중요감, 만족감을 준다.

*

설득의 심리적 요소
- 설득자의 영향으로 설득이 약도 되고 독도 된다.
- 서민庶民처럼 행동한다.
- 표어와 겉치레 말이 설득이 된다.
- 권위, 증언, 여론의 인용.
- 상대의 이해를 구한다.
- 상대의 이익, 욕구에 호소한다.
- 상대방 욕구 불만의 감소와 해소.
- 나의 인격으로 호소한다.
- 같은 사실을 반복 호소한다.
- 실례, 정보, 유머, 인정 등으로 호소한다.

- 인도주의, 정의감, 도덕 등으로 호소한다.

- 명예, 자부심, 덕망, 이상 등으로 호소한다.

- 희망과 장래의 비전으로 호소한다.

- 사랑, 증오심, 공포심, 허영심, 분개심憤慨心, 불만 등으로 호소한다.

- 안전과 안정, 애국과 애족, 애사심, 희생 정신 등으로 설득한다.

- 일치된 비난을 소재로 쓴다.

- 보증, 평안, 애향, 건강 등 소재를 쓴다.

- 재산, 부귀, 명성, 출세, 종교, 등을 자극한다.

- 동류同類 의식, 공통 기반을 자극한다.

- 뉴, 네오를 강조한다.

- 휴식, 취미, 기호, 오락.

- 일치된 비난의 대상.

- 예언, 암시, 경향, 칭찬, 진선미眞善美 등이 있다.

*

화제話題 선택

- 상대방 중심의 화제.

- 피차 공통의 화제.

- 듣고 싶은 화제.

  이익, 욕구, 행동, 지식, 상식, 정보, 뉴스, 아이디어, 호기심, 이미

  알려진 사실에 연결되는 것, 유머, 만족.

- 말하고 싶은 화제.

  자기 자랑, 경험, 이해득실利害得失, 자기만 아는 것, 남의 험담險談.

- 일반 화제.

  날씨, 뉴스, 정보, 나의 허점, 상대 장점, 아름다운 모든 사실, 여행, 명승지, 고적, 습관, 풍속, 지기知己, 교우, 친척, 유명 인사. 매스 커뮤니케이션, 취미, 기호, 오락, 신변 잡화, 남녀 교제, 가족, 직업, 사업, 건강, 질병, 요법, 의식주 생활, 정치, 경제, 사회, 문화, 예술, 법률, 역사, 문학 등.

*

말하기의 일반 목적

- 설명說明, 상대에게 무엇을 이해시킴.
- 설득說得, 상대에게 어떤 사실을 공감하게 하고, 상대에게 행동의 변화를 촉구.
- 논증論證, 어떤 문제의 상충相衝과 의문의 해법.
- 환담歡談, 유머의 새로운 말, 상대가 순간 우월감을 느끼게 함.
- 보고報告, 언제, 어디서, 누가, 무엇을, 어떻게, 왜 등 육하원칙에 입각하여 사실을 알림.
- 감동感動, 어떤 사실로 인해 상대가 크게 공감하고, 공명함.
- 묘사描寫, 사물의 현재 상태와, 사태, 사건, 사정 등을 사실 그대로 말함.
- 서사敍事, 사실, 사건의 자세한 서술.

*

홍보弘報의 원칙*

- 주의를 끈다. 신기함을 들어낸다. 독특한 문체와 표현이 요구된다.

- 내용을 이해하기 쉽게 한다. 짧은 어구가 좋다.
- 인상 깊이 기억하게 함.
- 내용이 신뢰감을 얻게 함.
- 진실이 아니면 효과가 감소된다.
- 반복은 상대의 인상을 강화하고, 비판력을 감소하는 심리적 효과를 가져온다.
- 과장은 신뢰감을 쌓는 기교이다.
- 요점만을 강조하여 앞으로 내민다.
- 권위와 위엄으로 내용을 수용하게 한다.

피알과 홍보 Public Relations★★

피알은 공중公衆과의 여러 관계를 원활히 하기 위하여 업무를 발전시키는 한 기법技法이다. 1906년 미국 기자記者 Ivy Lee가 창안創案한 것이다. 진로進路에 오해와 곡해 등 장애가 있다면 이를 제거한다는 것이다.

- 공중公衆을 민주적으로 설득한다.
- 매스컴을 이용한다.
- 호의적으로 여론을 형성한다.
- 신뢰의 토대 위에 협력의 지지 기반을 구축한다.
- 남과 더불어 번영하는 것이 궁극의 목적이다.
- 기업 피알에서 국가 피알로 크게 발돋움하고 있다.
- 피알은 나쁜 소문을 없애고, 좋은 평판을 얻게 한다.
- 좋은 일을 하여 이를 적극 홍보한다.

- 내부에서 시작, 외부로 확산한다.
- 오해와 반목을 이해와 협력으로 바꾼다.
- 상대의 호의와 호감을 불러 일으키는 기법技法이다.
- 피알의 3대 요소는 봉사奉仕 및 민주주의民主主義와 인도주의人道主義이다.
- 기업 피알은 이익의 사회 환원還元이고, 공공기관의 피알은 세금 돌려 받기이다.
- 피알의 방법, 매스컴에 기사 제공, 매스컴에 원고 투고, 또는 유료 광고 등이다.
- 피알의 매체는 접수 창구, 전화, 공공기관의 일반공개, 영화, 환등, 사진, 전시회, 시가 행진, 강연회, 라디오 및 TV, 잡지, 인쇄물, 애드벌룬, 네온, 전단傳單 등이 있다.

*

직장인의 예절
- Service, 친절봉사
- Speed, 신속정확
- Sincerity, 성심성의
- Saving, 근검절약
- Study, 능력개발
- Smile, 부드러운 표정

＊

설득의 광고^{廣告} 법칙 (1) AIDMA 형식＊

- Attention, 주의를 끈다.

- Interest, 관심과 흥미를 끈다.

- Desire, 욕구와 욕망을 자극한다.

- Memory, 기억하게 한다.

- Action, 구매의 결단.

설득의 광고^{廣告} 법칙 (2) SWAY 형식＊＊

- See, 상대에게 보인다.

- Want, 상대방 욕구를 자극한다.

- Agree, 상대방이 동의하게 한다.

- Yield, 상대방이 수긍하게 한다.

＊

긍정적^{肯定的} 화법＊

- 모든 사실을 의논적으로 말한다.

- 상대에게 부탁하는 방식으로 말한다.

- 전후 좌우를 헤아린다.

- 친숙하게 말한다.

- 상대의 장점을 기린다.

- 상대의 실책에 동정한다.

- 상대를 적절하게 칭찬한다.

- 상대방 입장에 서서 말한다.

- 때로 자기 잘못을 인정한다.

- 침착함과 여유를 유지한다.

- 가능하면 상대를 기분 좋게 한다.

- 너그럽게 생각한다.

- 가급적 상대 이야기를 잘 듣는다.

부정적否定的 화법**

- 교만하고 자주 뽐낸다.

- 말과 행동에 경직성硬直性이 보인다.

- 남의 험담을 잘한다.

- 명령적이고 강제적이다.

- 상대相對에게 수치심을 준다.

- 빈정대고 핀잔을 잘 준다.

- 남 앞에서 꾸짖는다.

- 상대 결점을 파헤친다.

- 융통성이 없다.

- 곧 잘 흥분한다.

- 논쟁을 잘한다.

- 훈시적訓示的이고 설교적이다.

상사上司의 화법***

- 논쟁을 피한다.
- 자기 잘못을 인정한다.
- 결정 사항을 실행할 때, 그 결정이 팀 전체가 결론 낸 것으로 정리하여 팀 전체가 자진해서 적극성을 띠게 한다.
- 부정 반응이라도 그것을 일단 긍정으로 받아준다.
- 팀 워크에 우선을 둔다.

화법의 음성 조절 법****

- 가급적 읽고 말할 때 더듬지 않는다.
- 언어음 내기의 연습이 필요하다.^{악사의 악기 튜닝처럼}
- 우리말 발음 익히기, 특히 하기 어려운 우리말 발음 익히기가 중요하다.
- 가능하면 고저는 낮게 한다.^{저음의 매력을 이해한다}
- 지속遲速은 듣기 좋게 한다.
- 속도는 알맞게 한다.
- Pause^{띄어 말하기, 띄어 읽기}에 꼭 유의한다.
- 억양을 자연스럽게 표현한다. 억양에, 단어의 억양^{accent}, 어절 및 어구의 억양^{intonation}, 문의 억양^{inflection} 등이 있다. 참고로 영어는 강약 억양. 우리말은 고저 억양임을 알아둔다.
- 평소에 발음하기 어려운 낱말의 발음 연습을 충분히 해둘 필요가 있다. 보기를 들면, "저기 저 말뚝이 말 맬 만한 말뚝이냐? 말 못 맬 만한 말뚝이냐?" 등을 가리킨다.

＊

표기와 발음

2011년 8월 31일부터 한 때, '자장면'만 옳다고 했는데 '짜장면'도 표준어로 인정하게 되었다. 그것은 벌써 그렇게 써야 했다. 자장면[짜장면]은 표기와 발음이다.

표기와 발음은 다르다.

일산[일싼], 철산[철싼], 발산[발싼], 울산[울싼], 버스[뻐스], 가스[까스], 가운[까운]

'표준 발음법'은 앞에서도 말했지만 표준어의 실제 발음을 따르되 국어의 전통성과 합리성을 고려해야 한다.

같은 소리 글자인 영어 문자만 해도 이와 유사한 경우가 있음을 본다.

Doubt는 발음이 [daut]이고, sword는 발음이 [sɔːrd]이다.

세계 문자 가운데 한글이 가장 우수하다고 하지만 글자가 소리를 그대로 옮길 수 없다는 엄연한 사실을 우리는 잊어서 안된다.

＊

기본 화법

- 명료한 음성 표현.

- 확실한 이야기 목적.

- 상대가 쉽게 이해할 수 있게 한다.

- 관심과 흥미를 끈다.

- 유익한 내용이다.

- 내용과 표현의 다양성이 필요하다.

- 때로 감동과 여운을 남긴다.

- 화자 및 청자와 정황에 맞는 적절한 내용 구성.

＊

설득 논의

- 양쪽 논의를 말한다.

- 반대 논의를 먼저 소개한다.

- 중요 사항을 먼저 말한다.

- 중요 사항을 끝에 말한다.

- 이 쪽에서 증거를 대고 상대가 결론을 내리게 한다.

- 감정의 호소가 논리보다 효과적일 때가 있다.

- 공포는 영향이 크다.

- 상대가 우호적일 때, 이 쪽 지위가 유일할 때, 한 때나마 상대방
  의견 변화를 기대한다. 그리고 일방 논의만 소개한다.

- 상대가 반대 의견을 듣게 될 때, 양쪽 논의를 말한다.

＊

임기 응변의 교섭交涉 (1) soft type*

- 참가자는 친구이다.

- 목적은 피차 합의에 있다.

- 우호 관계를 위해 때로 양보한다.

- 인간사 또는 논의 문제에 유연성을 갖는다.

- 상대방을 신뢰한다.

- 자기 입장을 쉽게 바꾼다.

- 이쪽에서 제안한다.

- 최저선을 밝힌다.

- 화해 목적을 위해 일방으로 불리한 조건을 수용한다.

- 답은 하나, 상대가 수용하는 것.

- 합의를 강조한다.

- 양방의 의사 충돌 회피.

- 압력에 굽힌다.

- 교섭의 3C 원리는 common sense, conference, compromise이다.

임기 응변의 교섭交涉 (2) hard type**

- 교섭 상대는 적수이다.

- 교섭의 목적은 오로지 승리이다.

- 쌍방의 우호를 위해 상대의 양보를 얻어냄.

- 인간 및 문제에 강경성을 유지한다.

- 상대를 의심한다.

- 자기 입장을 고수한다.

- 상대를 위협한다.

- 최저선을 감추고 상대가 오판하게 함.

- 화해 대가로 유리한 조건을 일방으로 요구한다.

- 답은 하나, 수용이 가능한 것.

- 자기 입장을 강조한다.

– 의지 상충으로 승리를 거둠.

– 상대에게 압력을 가한다.

Getting to Yes. *By Roger Fisher* 1981

하버드 대학 교섭(交涉) 학 연구소장

*

토론의 메리트^{merit}*

– 비판적인 사고력의 배양培養.

– 비판적인 경청 력傾聽力의 신장.

– 발표 능력 향상.

– 문제 분석 능력 및 자료 조사 능력의 향상.

– 의견 조정 능력 및 교섭交涉 능력이 증대됨.

– 민주 시민의 자질 함양函養.

한국의 토론**

조지 워싱턴 대학에서 수학한 서재필과 에모리 대학에서 수학한 윤치호 두 사람은 장차 우리나라에 의회가 성립될 것을 전제로 의원 양성의 원대한 목표를 세우고 협성회 및 독립협회 회원들에게 연설, 토의, 토론, 회의법의 실연實演 경험을 쌓게 하였다.

토론회 효시는 협성회 이지만 거의 동시에 독립협회도 토론회를 자주 개최하였다.

공변公辯을 통한 공론 형성의 과정을 각자 회원이 직접 체험할 수 있게 지도하였다.

1896년 7월, 독립협회 창립.

1896년 11월, 협성회 규칙 확정.

1897년 8월, 독립협회 토론회 규칙 확정.

1898년, 윤치호의 의회 통용규칙 제정 발행. 이보다 앞서,

1894년, 미국 그리그스에서 Henry M. Robert의 『의회 규칙 편람』이 출간되었다.

토론의 효용성 Merit***

– 비판적 사고력을 배양한다.

– 비판적 경청력傾聽力을 신장한다.

– 발표 능력의 향상.

– 문제 분석 능력과 자료 조사 능력이 증진된다.

– 의사 조정과 교섭 능력이 증대된다.

– 민주 시민으로서 자질이 함양된다.

인상 그리고 어문 생활

*

　안경테는 남에게 부드럽고 친숙한 느낌을 주기 위하여 다크 그레이나 브라운 계통을 선택하는 것이 무난하다. 금테는 안 좋다는 것이다.
　양복은 무지의 중간색, 스타일은 더블보다 싱글, 와이셔츠는 연한 블루 또는 그레이, 넥타이는 세로의 줄 친 것이나 다양한 색채는 피한다.

*

어문語文 규정1988.1.19, 문공(文公) 부 고시

우리 표준어標準語 : 교양敎養 있는 사람이 두루 쓰는 현대 서울말.

우리 맞춤법 : 표준어를 소리 나는 대로 적되 어법에 맞도록 적는다.

표준 발음법 : 표준어의 실제 발음을 따르되 국어의 전통성과 합리
　　　　　　 성을 고려한다.

언어에는 음성과 의미가 있고,

언어에는 음성 언어와 기록記錄 언어가 있다.

음성 언어에 발음법이 있고,

기록 언어에 표기법이 있다.

의미에는 사전辭典적 의미와, 문맥文脈적 의미, 상황狀況적 의미, 추리적推理的 의미, 학술적學術的 의미, 행간行間적 의미, 언외言外적 의미가 있다.

경영 일반

*

「경영의 지혜 X이론과 Y이론」_{한국 인사관리협회 오철구(吳哲求)}

인간을 어떻게 이해할 것인가에 대해서는 상반되는 2가지 견해가 있다.

그 하나는 인간이란 대체로 일하기 싫어하고 되도록이면 일을 피하려 든다.

그들의 관심은 돈과 생활의 안정에 있다.

그러므로 그들을 움직일 수 있는 가장 현명한 길은 금전적인 유인 誘因과 강제적인 수단 밖에 없다는 것이다. 이를 X이론이라 한다.

또 하나는 이와 반대로, 일이란 반드시 고통스러운 것만이 아니고, 환경과 조건에 따라서 즐거운 만족의 원천이 될 수도 있다.

인간은 경제적 보수報酬와 정신적 만족을 다 같이 바라고 있기 때문에 경영자는 인간의 내재적 심리를 잘 이해하고 특히 인간의 성취 동기와 자기 실현의 욕구를 충족시켜 주는 방향으로 노력해야 한다는 것이다. 이것을 Y 이론이라 하며 목표에 의한 관리 MBO, ZD 계획 등은 모두 Y 이론을 배경으로 하는 동기 부여 계획이다.

＊

돈의 본질은 무엇인가? 또는 부자富者가 되려면?

- 돈에 관하여 올바른 이해를 갖는다.

- 소극적인 관념이나 아이디어를 마음 속에서부터 일소한다.

- 당신 속에 존재하는 참 가치를 명상하고 실상實相의 경이로움을 명확히 심상心象에 그린다.

- 당신의 행동 계획을 완성시킨다.

- 남과의 교섭을 면밀히 유지하고 항상 활동적이면 좋다.

- 계획은 웅대하게 세우고 실행의 첫걸음은 현재 위치에서 출발한다. 마음에 그린 목표가 착착 진척되면 다시 또 전진한다.

＊

아이디어를 실현하려면

- 당신 아이디어를 추상적인 모양에서 구체적인 모양으로 발전시켜라.

- 아이디어를 실현하는 간단한 4단계를 이해한다.

- 거울 앞에서 분위기 향상의 기법을 실천하라.

- 상념, 감정, 행동의 3자를 한 개 목적으로 집중하라.

- 창조의 법칙, 창조된 것의 보존 법칙, 그리고 일단 창조된 사물의 해소 법칙을 충분히 파악한다.

- 남의 경험을 배울만큼 배우는 것으로 자기 시간을 절약한다.

- 스트레스가 없는 생활을 한다.

- 원인인 마음의 세계로 현실 세계를 지배하라.

- 종업원에게 영감을 불어넣어 노력의 효과를 배가하라.

✱

직장 생활에서 사원이 바라는 기대치期待値*

- 이쪽 의도의 관철.

- 인정받고 싶다.칭찬 듣기

- 좀 더 일을 맡겨 달라.

- 신뢰받고 싶다.

- 나의 기분을 알아 달라.

- 남과 사이 좋게 지내고 싶다.

- 외톨이가 되고 싶지 않다.

- 나의 기를 펴고 싶다.

- 창조적 업무에 집중하고 싶다.

- 담당 업무를 완수하고 싶다.

- 성취감을 맛보고 싶다.

- 좀더 고도한 업무를 맡고 싶다.

- 자신의 활동 무대를 넓히고 싶다.

- 자기 능력을 신장하고 싶다.

부하에게 의욕을 고취하는 방법**

- 먼저 상대방 이야기를 잘 듣는다.경청법

- 상대방 처지가 되어 생각한다.공감

- 피차 마음과 마음의 정리情理를 잇는다.rapport

- 이쪽의 기대를 전한다.기대감

- 상대를 믿고 업무를 맡긴다.신뢰감

- 칭찬하고 격려한다. 그리고 때로 결점을 지적한다.^{격려}
- 분발을 촉구한다.^{경쟁 및 대결}

＊

오스본^{Osbon} 고안^{考案}, 두뇌로 문제를 공격하는 'Brain Storming'

4개의 규칙

- 비판 엄금, 어떤 의견이 나와도 그것을 비판하면 안된다.
- 자유 분방, 분방한 발상을 환영하고 엉뚱한 의견도 무관하다.
- 분량을 쌓아 나간다. 가지 수로 승부한다. 많은 분량 가운데 품질 좋은 내용이 포함된다.
- 남의 의견에 편승하여 이를 다시 발전시켜 나간다.

＊

부^富에 이르는 3단계*

- 재정상 형편으로 결코 비관적이거나 부정적인 것을 입놀림에 올리지 않는다.
- 내 안에 존재하는 무한의 부와 당신이 조화하도록 일치시키기 위하여 다음처럼 긍정하는 것을 매일의 습관으로 삼는다. 신은 늘 곤란할 때 함께 하고 도와주신다. 신은 어느때 어느 곳이든 내게 필요한 모든 아이디어를 즉시 공급하는 근원이다.
- 매일 저녁 잠들기 전에 다음 구절을 조용히 반복하여 당신 자신에게 들려준다.

"나는 늘 신에게 감사한다. 영원한 생명은 늘 내 속에 약동하고, 무한한 부는 항상 내 속에 있고 변함이 없다."

무한한 부가 내 생활을**

무한한 부가 내 생활을 충분하게 가득 채워준다. 하늘의 부에는 항상 잉여剩餘가 있다. 신의 부가 풍부히 흘러들어 내 생활을 충분히 채워준다. 나는 지금의 행복에 감사하고 신의 풍요에 감사한다.

신은 지금 내가 필요로 하는 모든 것을 보충해 준다.

모든 준비는 다 되어있다. 만약 마음의 준비만 차려졌다면 신은 내게 필요한 것을 언제나 공급하는 영원한 원천이다.

기도할 때 믿음으로 구하는 바가 모두 주어진다.

아무개! 너는 잘 했어. 연 수입 3억이 될 거야. 너는 정말 훌륭한 기업체 직원이다.

돈은 매우 좋은 것이다. 돈은 인류에게 무한한 행복을 안겨다 주는 것이다.

돈은 부의 상징이다. 돈은 매우 좋은 것이다.

그것을 나는 현명하게 건설적으로 남에게 행복을 주기 위해 쓴다.

돈은 잘 사는 형편의 상징이라, 돈이 풍부히 유통되는 사실을 기뻐한다.

하늘의 부가 나를 통하여 사람들에게 간다.

하늘의 부富는 항상 남아돈다.

나는 이것을 좋은 일에만 쓴다.

신에게 감사하며 동시에 남에게 행복을 주기 위해 쓴다.

＊

일본인 마쓰시다 고노스케|松下幸之助

그는 일본인으로 경영의 신神으로 불리운다. 일본 국민의 한 영웅이다. 1981년 10월 21일 전경련 초청 강연을 통해 그의 경영 철학을 말했다.

그의 경영 철학

첫째, 1인 1사업 주의

둘째, 기업은 개인 재산이 아니고 공기公器이다.

셋째, 국가 및 사회를 위하여 사명감을 가지고 있어야 한다.

기업 경영에서 가장 중요한 몫은

첫째, 사람과

둘째, 신용이다.

＊

스티브 잡스|미국 아이티 산업의 거장

- Stay in hunger.

- Stay in foolish.

- Think different.

＊

Elmer G. Leterman

"인격과 소득 능력이 신용의 기초가 된다."

＊

이병철 회장의 신입사원 면접 평가 기준은?*

첫째, 몸이 건강하고, 둘째, 용모가 단정하며, 셋째, 대화를 활발하게 할 수 있는가에 있다.

경제적 부유도 마음으로 좌우한다.**

- 부富를 얻는 마음의 첫째 조건은 부에 대하여 정당한 관념을 갖는 것이다. 곧, 청빈예찬을 버리는 것이다.

- 부는 결코 더러운 것도 추한 것도 아니다. 깨끗하고 더러운 것은 취급에 따라 정해진다. "버는 것도 신의 뜻, 쓰는 것도 신의 뜻"이라 생각해야 한다.

- 부는 형태로 보아 물질이나 화폐로 보이나 그 실체는 신의 생명, 지혜, 사랑의 현현顯現이라고 알지 않으면 안된다.

- 부는 돈 뿐이라 하면 안된다. 용모의 미, 인체의 미, 의상의 미, 가옥의 미, 경치의 미도 있는 것이다.

- 부를 쌓는 원칙은 현재 주어진 부에 먼저 감사한다는 생각으로부터 다음의 부를 취득하는 자격이 생기는 것이다.

- 당신은 음식에 감사하라. 공기에 감사하라. 일광에 감사하라. 의복에 감사하라, 주거에 감사하라, 그 공덕은 무한하다.

- 마음의 파장을 잘 맞추려면 가족이 단란하고 화목해지는 것이 중요하다. 특히 부부의 조화가 사업 발전에 크게 공헌한다는 것을 잊지 않아야 한다.

발상을 위한 4개의 질문***

- 기획된 제품 또는 서비스가 인류의 필요성에 매우 중요한 것인가?
- 그것은 사람들 마음을 두근거리게 하는가?
- 이 계획은 우수하고 두드러진 것인가?
- 이것은 참으로 타의 추종을 불허하는 것인가? 이것은 지금껏 없던 최초의 것인가? 조정자 역할이 될 수 있는 잠재적 요소를 가지고 있는 것인가?

어느 기업체의 사원 연수 지침指針****

- 사고思考는 행동을 바꾸고,
- 행동은 습관을 바꾸며,
- 습관은 인격을 바꾼다.
- 그리고 인격이 그의 운명을 바꾼다.

직장의 모럴*****

상사의 인간관계

- 성과에 대한 인식
- 팀워크의 촉진
- 부하를 공평 무사하게 다룬다.
- 부하의 기분을 존중해 준다.
- 부하의 의견을 존중한다.
- 부하와 친밀 관계를 유지한다.

임원의 인간관계

- 임원의 성심 성의
- 불공평을 시정하는 노력
- 인사 방침의 형평성衡平性
- 종업원 복지에 대한 배려

직장 내의 인간관계

- 소극적 욕구
- 물리적인 것안전한 작업장, 휴게실, 식당, 환기, 조명 등의 설비
- 사회적인 것사원 간의 유대, 파티, 클럽 활동의 기회

  지위 비즈니스의 격, 회사의 지위, 사원의 직위.

  위치 설정자기 직무의 중심, 커뮤니케이션과 방향 설정

  안정 설정공평성, 일관성, 일상적인 친밀감

  경제적 조건급여, 상여 등

- 동기 부여의 욕구. 이 욕구가 인간의 의욕을 불태우고 인간의 정
  력, 창조성, 추진력의 원천이 된다.성장, 달성, 책임, 인정받는 것 등

마음과 몸의 건강법

*

건강의 실상은 이렇다

미국 어느 유명한 건강법의 대가는 "장수하고자 하면 기분 나쁠 때 음식을 먹지 마라".

"채식한 인간이 지속력이 강하다."

한때 전 유럽을 풍미한 유명 권투 선수 패트릭 넬슨이 어느 때 이길 수 있던 경기에 패한 것은 그 원인이 그 날 아침에 먹은 육식으로 돌려 "육식이 나를 피로하게 했다"고 탄성을 질렀다.

금언金言 중에 나오는 말로, 대자연이 약보다 더 명의라고 말하였다.

영국 황제 윌리엄 4세 시의侍醫 제임스 존슨이 말했다.

"나는 오랜 동안 임상적 간찰과 자기 성찰을 기초로 하여 성실하고 참된 의견으로 발표하지만 만약 이 세상에 한 사람 내과의, 외과의도 약사도 간호사도 약학자도 제약 업자도 그리고 약품조차도 없다면 인류는 질병에 이환 되는 일이 훨씬 드물고 훨씬 사람은 장수를 누렸을 것이다."

이것은 약제를 배척한다는 의미보다 약제에 의존하는 마음이 인간의 이병률罹病率을 증가시킨다는 의미일 것이다.

마음에 공포 분노 집착 탐욕 비애 질투 우울 등이 없어야 한다. 이 때 신상관神想觀의 수행이 다가온다.

"나는 지금 오관五官의 세계를 떠나 실상의 세계로 들어간다. 내가 앉은 곳은 실상의 세계로 신의 무한한 지혜 사랑 무한한 생명 무한한 공급으로 충만한 큰 조화의 세계이다. 이 대조화의 실상 세계로 신의 무한한 생명 무한한 공급으로 충만한 큰 조화의 세계이다.

이 대조화의 실상에서 나는 신의 아들로 신으로부터 무한한 생명력을 공급받고 있는 것이다."

"길을 걸을 때 지금 신이 길을 걷고 있다고 생각한다."

"신을 볼 수 없는 사람은 색맹이 아니라 이른바 심맹心盲이다. 색맹이 청색의 존재를 믿지 않는 것처럼 심맹이 신의 존재를 믿지 않는 것도 무리는 아니다."

공자는 『논어』에서 아침에 도를 들으면 저녁에 숨겨도 여한이 없다고 말했다.

『생명의 실상』 3권에 미국 뉴욕 의학 전문 학교의 알렉산더 스티븐슨 의사는 막 학교를 졸업하고 나왔을 때, 한 질병에 대하여 20종의 신약을 갖춰놓고 개업하지만 개업 30년이 되면 20종의 질병에 한 가지 약으로 대처했다고 한다.

*

건강 제언提言

중국의 지혜

- 남에게 관대하라.

- 유머 감각을 키우라.

- 기氣 체조를 즐기라.

- 일소一少, 식사를 적게 하라.
- 삼지三遲, 식사, 방사房事, 배변排便 느리게 하라.
- 오다五多, 다동動 다망忘 다접多接 다설泄 다수睡
- 자득自得기락, 지족知足상락, 조인助人위락

구사九思, 밝게 보기를 생각하고, 정확하게 듣기를 생각하고, 얼굴은 온화하게 하기를 생각하고, 용모는 공손하게 가지기를 생각하고, 말은 성실하기를 생각하고, 일은 공정하게 하기를 생각하고, 의심나는 것은 묻기를 생각하고, 분한 일은 어려움이 닥칠 것을 생각하고, 이득을 보면 의를 생각한다.

구용九容이란, 발이 무겁고, 손이 공손하고, 눈이 단정하고, 입이 멈추어 있고, 얼굴이 장중한 것 등이다.

미국의 건강 지혜
- 영양을 고루 섭취하라.
- 휴식을 적절히 취하라.
- 운동을 적당히 하라.
- 성을 내지 마라.
- 급하게 서둘지 마라.
- 지나친 염려를 피하라.

티베트의 건강 지혜
- 인내하라.
- 관용寬容하라.

- 연민憐憫의 정을 가지라.

베트남의 건강 지혜
- 마음의 평화
- 호흡 명상법 In out, deep slow, calm ease, smile release, present moment wonderful moment

＊

리더즈 다이제스트
걷기는 느린 완보緩步 보다는 빠른 속보速步가 낫다.

＊

통풍痛風*
통풍의 원인은 결혼 실패, 경제적 재난과 비탄, 그리고 고독과 오뇌懊惱, 원한 등이다.

휴양과 오락**
최고로 사람을 이완시켜 영기靈氣를 기르는 힘은 종교, 수면, 음악, 웃음이다.

신에 대하여 믿음을 바쳐 잘 자고 좋은 음악을 사랑하고, 인생의 농담 같은 면에도 눈을 돌리라. 그러면 건강과 행복이 찾아 든다.

피로의 주된 원인의 하나는 권태이다. 우리의 피로는 때로 작업으로 일어나는 것이 아니고 고뇌, 좌절, 원한이 원인이 된다.

숙면하는 첫 조건은 안전감이다.

*

40대 건강

– 신기神氣를 길러라. ^{만물을 짜내는 기운}

– 욕을 멀리 하라.

– 음식을 줄이라.

– 정직하게 일하라.

– 뜨거운 목욕이 좋다.

– 담백한 음식을 든다.

– 사물로 인해 괴로워마라.

– 어제를 후회 말고, 내일을 염려마라.

– 격노激怒를 삼가 품성을 기르고

– 사려思慮를 적게 하여 신기를 기르고

– 말 수를 줄여 기를 키우고,

– 사려를 끊어 심기心氣를 기르라.

– 즙을 마시어 장기를 기르라.

– 영양식보다 담백식을 섭취하라.

– 중간마다 쉬어 휴식을 취하라.

– 하는 일을 바꾸어 때로 기분을 전환하라.

– 머리 쓰는 일을 하면 가벼운 운동이나 체조가 좋고,

– 몸을 쓰는 사람은 책을 읽는다.

– 편안한 수면이 가장 큰 휴양이다.

- 과로를 피한다. 어떤 일에도 여유를 갖는다. 전력全力을 기울이지 않는다.
- 몸, 기후 변화에 주의하고 더위와 추위를 피한다. 목욕으로 피부를 깨끗이 한다.
- 음식, 좋아하는 것을 먹는다. 다만 더 먹고 싶을 때 멈춘다. 애써 수분을 취한다.
- 소화, 매일 배설하고 과일과 야채를 먹는다.
- 운동, 자기 형편에 맞춘다. 뒤에 피로하면 안된다.
- 마음, 원기 있게 일한다. 취미 오락 등 기분 전환이 좋다.
- 농촌은 공기 맑고 물이 맑다. 도시는 60을 넘어도 일할 수 있다.
- 음식은 쌀보다 보리밥, 물고기는 작은 것, 내장 등이 좋다 콩, 야채가 좋다.
- 노동, 근로 후의 영양 공급, 균형 잡힌 식사가 좋다. 수면과 휴양의 조화를 꾀한다.
- 건강은 기에 의존한다. 행복한 표정과 여유 있는 기분이 좋다.
- 젊게 일하자면 영양에 주의하고, 과식 편식 안 하고, 과로하지 않는다. 느긋하게 일하는 것이 필요 조건이다. 지식인에 장수자가 많다.
- 나이 들어 젊음을 잃지 않는 것은 자기 자신의 일을 갖는 것이고, 여기에 열중하는 것이다.
- 규칙적인 생활을 영위한다.

✻

건강한 몸에서 아름다운 목소리가 나온다*

- 충분히 수면睡眠을 취한다.

- 빈번한 주기적 탕욕湯浴이 좋다.

- 소금물 가글이 좋다.목을 추기는 양치질

- 등산 또는 걷기 운동.걸으면 건강하다

- 자기 발음 기관을 혹사하지 않는다.

- 구강의 타액唾液 분비가 알맞아야 한다.

- 노래방도 좋다. 이따금 하는 발성 연습이 좋다.

오늘의 건강법健康法**

- 심신의 신기神氣를 키운다.

- 모든 욕을 멀리 한다.

- 음식을 줄인다.

- 정직하게 일한다.

- 목욕을 자주 한다.

- 검소하게 음식을 먹는다.

- 사물로 괴로워하지 않는다.

- 어제를 후회하지 않고 내일을 염려하지 않는다.

- 격노激怒를 삼간다.

- 사려思慮를 적게 한다.

- 말 수를 줄인다.

- 즙汁을 마신다. 당근, 레몬 등.

- 담백식을 한다.

- 중간마다 쉰다.

- 기분 전환에 유의한다.

- 머리 쓰는 이는 체조를, 몸 쓰는 이는 책을 읽는다.

- 밤이면 안면安眠을 취한다.

- 평소 과로過勞를 피한다.

- 기온氣溫 차이에 몸을 주의한다.

- 좋아하는 음식도 8푼으로 끝낸다.

- 매일 1회 배설하고, 과일과 야채를 먹는다.

- 자기 형편에 맞는 운동을 규칙적으로 한다.

- 늘 마음을 원기 있게 한다.

- 늘 자신의 일에 열중한다.

- 규칙적인 생활에 유념한다.

가정 조화의 길

'진리, 제5권 여성 편, 아내는 먼저 무無가 되어 부드럽고 고분고분 하며 유순하게 남편을 따를 때 참으로 아내의 행복을 얻을 수 있다.

가정 조화의 길
- 항상 명랑한 언사를 가족들이 쓰도록 한다.
- 가정에서 타박주는 마음으로 설교하듯 하면 안된다.
- 의견이 대립되었을 때 곧바로 고성을 질러서는 안된다.
- 부를 얻으려면 자기 자신이 부가 되어야 한다. 부만이 부를 부른다.
- 내가 신의 아들이므로 신의 무한한 부의 후계자이다.
- 인간에게 부모님이 계시듯 부에도 부성 원리와 모성 원리가 있다.
- 신은 인간을 무한히 부하게 하고 싶어 한다. 사랑을 구하는 것이 다. 무엇인가 남을 위하여 매일 한 가지씩 좋은 일을 하는 것이다.
- 그때 신을 기쁘게 하고 무한한 신의 공급을 받을 것이다.

남편을 성공시키는 법, D. 카네기 부인
- 남편에게 아내가 중요하다고 생각하게 하는 능력 있는 아내가 훌륭한 아내이다.
- 사랑한다는 것은 상대방 눈에 들게 하는 것이 아니고, 상대와 함 께 같은 방향을 찾는 일이다.

- 남편이 열중하고 있는 일이 매우 가치 있음을 안다고 알려준다.
- 행복하고자 하면 행복한 척하면 된다.
- 아내가 하는 내조의 하나는 남편이 회사에서 말할 수 없던 일을 근심스럽게 들어주어 남편 마음의 무게를 덜어주는 것이다.
- 어떤 아내도 남성과 결혼한 것이다. 현재의 남편과 희망하는 남편이다.
- 사람의 성공은 고무鼓舞와 격려가 최고이다.

남성은 가정을 떠난 때가 가장 행복하다. 셰익스피어가 한 말이다.

재벌이 되려면 가난한 집에서 태어나야 한다. 앤드류 카네기가 한 말이다.

제2부

말하기 지하

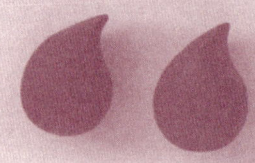

저자의 저서 및 역서의 머리말을 수합한 장이다

구미歐美신서 42집 『화술話術의 지식』

해롤드 젤코Harold P. Zelko, 전영우 역, 을유문화사, 1962.4

오늘을 토킹 에이지talking age라고 말하는 이도 있지만 기실 의사意思를 전달함에 있어서 어떤 서식을 통하기보다 차라리 구술로 직접 의사를 전달하는 것이 우리 각자의 마음과 몸에 배이고 있는 작금, 이 방면에 여러분의 지대한 관심이 집중되어 있기는 하면서도 아직껏 이에 관한 출판물이 빛을 보지 못하고 있음을 아는 사람으로 더욱이 방송 아나운서를 하며 국어화법을 연구하고 있는 한 연구자로 여러 자료를 수집하는 도중, 미국 스피치 학회 회장이며 펜실베이니아 주립대학 교수 해롤드 P. 젤코 박사가 집필한 *How to become a successful speaker*를 우연한 기회에 접하게 되어 그 후 이 책을 읽어 나가면서 하나하나 외우기는 어렵고 해서 일일이 노트해 두었던 것을 역자譯者 자신만 그 내용을 알고 있기에 안타까운 바 있어 감히 번역이라는 이름 아래 그것을 알기 쉽게 초역抄譯해 보았다.

한낱 송구스러운 마음을 금치 못하는 동시에 강호江湖 제현諸賢의 기탄忌憚없는 질정叱正을 갈구渴求하면서 역서譯序에 대신한다.

『스피치 개론』전영우, 문학사, 1964.3

인간의 언어 생활을 백분율로 나눈다면 그 75%가 말하기와 듣기의 기능이라는 뉴욕 대학의 도로시 멀그레이브[Dorothy Mulgrave] 교수의 연구 발표는 오늘날 우리 언어 생활에의 인식을 새롭게 해주고 있다.

한편, 매스 커뮤니케이션의 면에서 배가되는 미치는 바 음성 언어의 영향을 고려할 때, 스피치 연구의 긴요성은 명약관화明若觀火하다.

이집트의 파피러스[papyrus]에 기원을 두는 '스피치'는 고대 그리스와 로마를 거쳐 근세에 들어와서는 미국에서 발전적인 학문의 추세를 시현示顯해 주었고, 일층 고도한 학문적 체계는 20세기 미국에서 종합적으로 구체화되었다.

우리나라도 근자에 와서는 각 대학이 '스피치' 강좌의 효용성을 인정하고 있다. 먼저는 연극 영화 학과에서부터 국어 및 영어과에 이르기까지 새로운 강좌로 스피치가 차츰 빛을 보이고 있다.

지금까지 스피치라면 화술話術, 구현법口現法, 화법으로 또는 연설, 회의, 토론법으로 다루어져 왔으나 이를 종합한 학적인 체계의 시도는 아직 우리나라에 없었다.

이에 저자는 뜻한 바 있어 이『스피치 개론』의 저술에 착수한 것이다.

모름지기 사회생활에서의 개인적 성장은 우리의 사회 활동이 좌우하고 이 사회 활동은 '스피치'가 그 방편이 되는 터요, 나아가 지도자적 인격 형성의 바탕에서 꼭 갖추어야 할 것이 '스피치' 능력일 진데 그 누구라도 '스피치' 연구는 꼭 필요한 것이다.

그저 아무렇게 이야기를 한다고 해서 그것이 곧 말이 될 수 있다면, 차라리 침묵은 그 이상의 금이 될 수도 있다. 그러나 침묵만으로 도저히 현실적인 사회생활을 지탱해 나갈 수가 없다. 보다 효과적인 의사 표현이 우리에게 절실하기 때문이다.

'스피치'의 효용성은 이 점에도 있고, 가일층 발음법, 화법, 낭독법^{朗讀法} 등의 '스피치'를 반드시 필수의 과정으로 익혀야 할 연극 영화 배우, 라디오 성우, TV 탈랜트, 아나운서에게는 더없이 중요한 효용성을 갖는다.

이 책은 이런 뜻에서 엮어진 것으로 일반 교양에 터하고, '스피치'의 대학 교재로도 쓸 수 있게 꾸몄다. 다만 우리말 스피치 연구의 여명^{黎明}에 서서 내놓은 책인만큼 적이 걱정되고 송구스럽기 짝이 없다.

그러나 밀물 같은 '스피치' 연구에 대한 저자의 뜻이 한 개 조그마한 결정^{結晶}을 이룬 것이라 자위한다.

이 방면의 정진을 더욱 보람 있게 하는 여러분의 알뜰한 가르침이 목마르게 기다려질 뿐이다.

『화법 원리』 교육 출판사, 1967.2

"인간의 바람직한 언어 표현은 돌 자갈 밭 속의 '에머럴드' 빛보다 더 귀하다"는 고대 이집트 '프타호텝^{Ptah-ho-tep}'의 교훈이나 동양에서의 인격 척도인 '신언서판^{身言書判}'은 각각 인간의 사회 활동에서 언어 생활이 차지하는 비중을 잘 표현하고 있다.

고대에서의 그리스 로마, 근대에 와서는 영국과 미국에서 스피치 교육이 꽃을 피우고 있다.

인간관계는 의사소통으로 명백해지고 보다 효과적인 의사 표현력과 토의 및 토론에서의 탁월한 능력 발휘 그리고 능동적인 회의 참가는 현대 생활에서 결여될 수 없는 사회 참여의 기본 자세가 아닌가 한다.

청중을 납득시키는 설득력, 청중에게 희열喜悅을 안겨주는 환담歡談의 전개, 오해와 왜곡의 배제는 지도적 인격 연마에 또는 현대 시민의 교양으로서 필수의 것임은 췌언贅言을 요하지 않는다.

스피치는 실제의 경험을 쌓아 나가는 시행착오의 부단한 과정 속에서 이해되는 것이지만 기본적인 원리의 이해가 수용되면 더욱 금상첨화錦上添花라 하겠다.

교양인에게는 효과적인 화법이, 모든 지도층에게는 설득력 있는 의사 전달이, 그리고 연극 및 방송인에게는 전문적인 화법이, 또 비즈니스맨에게는 성공적인 상담商談이 절실히 필요하다.

이같은 필요에 따라 어디까지나 언어 생활에 입각, 화법의 일반 원리를 추출抽出하고, 그 논리적 체계를 확립하고자 시도해 본 것이 바로 '화법 원리'이다.

이른바, Speech, Art of Speech, Public Speaking, Language Arts, 언어 기술, 화술, 연설, 토의 토론법, 회의 진행법, 의사 전달법傳達法, 구현법口現法이라 불리우는 일련의 명칭은 모두 '화법話法'으로 통한다.

스피치를 개관하면, 스피치는 예술의 분야와 과학의 세계에 걸쳐 있으면서 언어 생활의 범주에 속한다.

그리고 발전적인 스피치 연구를 위해서 뒷받침되는 보조학補助學은 변론법, 수사학, 철학, 논리학, 심리학, 윤리학, 사회학, 언어학, 음성학, 국어학, 물리학, 생리학 등이다.

Demosthenes[B.C.384~322], Cicero[B.C.106~43], Winston Churchill[1874~1966], John F. Kennedy[1917~1963]는 스피치 교육 사상史上의 능변으로 꼽히는 인물이지만 그 시대적 배경에 따라 평가 기준에 차이가 있다.

데모스테네스는 웅변, 키케로는 화법, 처칠은 정치 연설, 케네디는 정치 토론으로 스피치에 각각 기여했다.

우리나라에서도 국문과, 영문과 및 연극 영화과 신문방송과에서 그리고 일반 교양 과목으로, 또는 교직과목으로 스피치가 채택되고 있음은 스피치 연구의 앞날을 위해 고무적인 현상이고 매우 다행한 일이다.

연극과 방송도 스피치 연구의 대상이지만 본저本著에서는 그 방면의 논급論及은 피했고, 다만 화법 일반으로 국한한 점을 여기 명기明記한다.

『현대인의 화술, 유쾌한 응접실』삼중당, 1968.12

말로 천냥 빚을 갚는다고도 했지만 같은 말이라도 어조에 따라 '어'해서 다르고 '아'해서 다르다고 했다. 말이 얼마나 어려운가를 일러준다.

사랑하는 사람끼리 또는 아랫 사람이 윗 사람과 이야기할 때, 여러 사람 앞에 나가 연설할 때, 또 남에게 어떤 청탁을 할 때와 이를 거절할 때 이왕이면 창덕궁이라고, 바람직한 말씨와 효과적인 의사표현이 절실하다. 이 같은 필요에 따라 이 책을 엮었다.

인간에게 말할 수 있는 능력이 없다고 하면 얼마나 답답할까. 말하지 않고 깊은 생각과 깊은 뜻을 전할 수 있으며 말하지 않고 춥고 덥다는 느낌을 남에게 표현할 수 있을까?

말은 실로 인간의 의사소통에 더 없이 고마운 소통 수단이다.

웅변은 은이요 침묵은 금이라 하지만 이는 말함이 말하지 않음보다 못할 경우에 국한되는 것이요 결코 언제나 이 격언이 적용되지 않는다. 침묵은 바보의 미덕일 수 있기 때문이다. 그러나 인간은 종종 말로 해서 오해를 사고, 다시 말로 해서 이 오해를 푼다.

말을 비교적 적게 하는 사람이 환영받을 수 있고, 언제나 묵묵 부답하는 뚱한 사람보다는 봄눈 녹이듯 정겨운 대화를 나눌 수 있는 상대가 환영받을 수 있다.

그때 그때 상면하는 사람의 개성과 장면에 알맞게 말하기란 그지없이 어렵다. 그러나 남을 설득해서 납득시켜야 할 정황이 우리에게 너무 많다.

사랑을 찾는 일이나 부모에게 용돈을 청하는 일부터 크게는 국가 대표로 참석하는 국제 회의에서의 발언에 이르기까지 설득 없는 인간의 언어 활동은 상상할 수가 없다. 설득이 이처럼 큰 비중을 차지하므로 말한다는 것을 설득한다고 할 수도 있다.

마음에 드는 사람에게 사랑을 고백하더라도 상대의 마음을 움직일 수 있는 설득력이 필요하다. 물론 이런 국면에서는 이 쪽이 진실을 보여야 한다. 흔히 쓰이는 사랑한다는 표현만으로는 한갓 우스개로 여김 받기가 쉽다.

그러므로 남을 설득하는 데는 진실 이외의 다른 더 효과적인 설득 수단은 없다. 말을 조금 해도 진실을 보일 수 있고, 말을 많이 해도 진실을 드러내 보이지 못할 때가 있다.

진실이 담긴 어느 사람의 말에 머리 숙여지는 것처럼 진실은 실로 설득의 가장 요긴한 방편이다.

말은 곧 그 사람의 인격이고 사람의 말씨는 곧 그 사람의 마음씨의 나타냄이다.

언행일치言行一致라는 말도 실은 말에 진실을 담으라는 교훈이다. 한편 신언서판身言書判이라고 일러, 고래로 동양에서 이것을 인격의 기준으로 삼았다.

첫째는 사람의 외모와 행동行動 거지擧止, 둘째는 언변言辯 셋째는 그의 식견識見, 그리고 넷째는 그의 판단을 소중히 생각했다. 여기서도 사람의 언변은 중요한 요건으로 손꼽힌다.

데일 카네기는 사람의 언변이 심리적인 배려가 늘 뒤따라야 한다고 했다. 말은 하는 사람이 일방적으로 하면 그만인 것이 아니고 말은 반드시 듣는 사람을 전제로 하라는 뜻이다.

누가 내 말을 듣는 것인가를 생각하고 어디서 무엇을 왜 말하는가를 알아야 보다 우호적인 인간관계를 유지시킬 수 있다. 이 점만 유의해도 화법의 전반은 이미 익힌 셈이다. 이것이 화법의 기본이기 때문이다.

화법은 정다운 대화를 비롯, 각종 토의 토론 연설 회의 브리핑 그리고 방송 및 연극에까지 광범위하게 작용한다.

화법을 의사 표현의 아트로 보든가 아니면 바람직한 에티켓의 하나로 보면 화법에 대한 이미지가 훨씬 현대화되고 부드러워진다. 더 나아가 예술로 보면 더욱 금상첨화이다.

이것은 나의 표현이 아니라 엘슨과 맥버니의 표현이다. 그들은 화법을 아트라 일렀다. 세련된 언변을 아트로 본다는 것이다.

그리고 누가 뭐라고 해도 화법의 꽃은 유머와 위트다. 특히 격렬한 토론이나 토의에서 이견異見을 조정하는 데는 무엇보다 유머와 위트가 필요하다. 유머와 위트는 어느 한 장면에만 국한되는 것이 아니고 언제든지 우리의 언어 생활에서 뺄 수 없는 윤활유이다.

말의 윤활유는 낯 모르는 사람들 모임에서 어색한 분위기를 친숙하게 만들어 주고 남에게 언제나 호기심을 안겨주므로 자연 인상도 좋게 남길 수 있다.

유머와 위트를 필요할 때 적절히 구사할 수 있다면 그 만큼 그의 화법은 남의 선망이 될 법도 하다. 그러면 이런 재능은 어떻게 획득되는가?

어떤 사람은 아예 그것을 선천적인 것으로 돌려버리려 하기도 한다. 그러나 그리스의 데모스데네스, 영국의 처칠을 생각하면 오히려 후천적인 노력이 아니면 화법의 재능을 기를 수 없다는 것을 깨닫게 될 것이다.

바닷가에서 파도에 맞서 발성 연습을 한 데모스테네스는 고대 그리스의 유명한 웅변가로 역사에 기록되었다. 어릴 때엔 말더듬이었지만 끝내 노력한 결과로 20세기의 영웅으로 군림했던 윈스톤 처칠이 있다.

화법을 익혀야 하겠다는 결심은 지금 해야 한다. 시작이 곧 성공이니 말이다. 인생의 번뇌가 부나비의 그것이긴 하나 인간의 언어 활동은 고도로 다양하다. 오늘을 살아가는 데 능동적인 '오늘의 화법'이 여러분 매일 매일의 언어 생활에 하나의 훌륭한 길잡이가 되었으면 한다.

이 책을 꾸미는 데 내게 많은 영향을 준 국내외 저자 여러분에게 감사한다.

『방송 개설』 주디스 월러Judith C. Waller, 전영우 역, 한국교육공사, 1970.6

Judith C. Waller가 저술한 *Radio, The Fifth Estate*를 중심으로 번역한 것이 바로 이 방송 개설이다. NBC에서 실제 방송 실무에 종사하면서 방송을 연구하는 대학생을 위한 하계 학교에서도 관계한 저자가 이 책을 썼다는데 우선 호감이 갔다.

학문의 세계에서 현장으로 간 것이 아니고 현장에서 학문의 세계로 들어간 점이 어쩌면 역자의 공감을 샀는지 모른다.

따라서 내용도 어디까지나 실무 위주의 체계로 짜여 져 있어 방송에 입문하는 사람이나 방송을 연구하는 초보자에게 더 없이 훌륭한 반려가 될 것으로 믿는다.

1946년에 초판이 나오고, 1950년에 개정판이 나왔다. 역자가 입수한 것은 이 개정판이다.

미국 시스템하에서 라디오가 거의 전성기에 이른 때에 착수되어 나온 책인만큼 우리나라 방송인 및 방송학도에게도 적지않은 관심을 불러일으킬 것으로 안다.

다만 저자도 그의 서문에서 지적했듯이 방송 관계의 기술 발전으로 인해서 방송 조작면의 구태 의연한 점은 간혹 이 책의 허점이라 꼬집힐 수 있다.

그러나 방송에는 청취자와 시청자에게 무엇을 왜 어떻게 주느냐는 것이 언제나 당면 과제로 드러나기 때문에 방송 프로그램에 관한 점이 오히려 더 큰 비중을 차지할 듯하다.

그렇다고 하면, 이 책의 가치는 분명해진다. 방송 프로그램에 직접 관계되는 분야만 취급하고 있기 때문이다.

저자의 오랜 경험과 광범위하게 수집된 연구 자료를 토대로 이 책이 엮여졌다는 사실은 이 책의 장점이 될 수 있으며 더욱이 미국 방송 초기의 많은 방송 사료史料가 예시되고 있음은 주목할 만한 사실이다.

번역자는 원저의 결함을 보완하는 뜻과 우리나라 방송 현실에 적응하는 뜻으로 원저에서 몇 부분을 삭제하고 그 대신 새로 네 부분을 보충했다.

즉, 원저의 5장 일부와, 6~8장을 삭제하고, 대신 드라마의 연출, 방송의 원리, 방송 비평의 기준 그리고 한국의 방송 관계법을 새로 보충했다.

독자가 이 책을 다 읽은 뒤에 번역자의 이 같은 의도를 충분히 짐작할 수 있을 것이다.

우리나라에도 여러 대학에 방송 전공 과정이 개설되면서 많은 학생이 이 길을 밟고 있다. 그러나 사회학 내지 저널리즘의 범주 속에서만 방송이 연구되고 있음은 실로 안타까운 바라고 하겠다.

오클라호마 대학의 방송 교수 셔맨 러톤Sherman Lawton도 "스피치는 스피치 학과에서, 연기는 연극학과에서 그리고 저널리즘은 신문학과에서 가장 잘 배울 수 있으나, 이 같은 스킬은 모두 방송에 직접적인 연관을 갖는다". "그러나 방송은 방송의 독자적인 과제와 방송의 독특한 경지를 갖는다"고 지적한 바가 있다.

우리 방송 관계자나 방송 학도에게 무엇인가 넌지시 시사示唆해 주는 바가 있을 것이다. 그리고 번역자가 입수한 또 다른 두 서적은 모두 '스피치' 교수가 저술한 것이었다. 이 사실을 강호 제현諸賢께 알린다.

『젊은 여성의 화법』창조사, 1982.1

사회 생활을 원활히 하기 위하여 형식적인 규범이 필요하고, 또 이 규범은 의당 존중될 가치가 충분히 있다고 본다. 그러나 인간으로서 특히 젊은 여성으로서, 모든 행위의 기본이 되어야 할 것은 '친절'이다.

이 원칙이 지켜지면 결코 잘못을 저지르는 일은 없을 것이다. 그러므로 형식적 규범에 따르는 것이 불친절이 된다고 판단되면, 형식적 규범을 버리고 대신 남을 친절히 대하는 쪽을 택해야 할 것이다.

급격한 시대 변천에 따라, 생활 환경이 바뀌고 인간이 지켜야 하는 행위의 규범 역시 바뀌고 있다. 그렇지만 예법은 그 정신에 있어 인간의 품위와 자존심을 높이고자 하는 변함없는 인간의 노력의 하나이다.

동시에 예법은 바로 남에 대한 친절과 사려로 뒷받침되는 것이다. 여기서 출발하여 가정에서의 범절, 공동 사회에서의 처신, 직장에서의 예의, 또 여러 가지 경우의 화법에 관하여 알아야 할 사항이 많다. 이것을 여기에 망라한 것이다.

이 책은 공동 사회에 잘 적응하고 올바르게 살아가는 방법, 즉, '예법'과 '화법', 그리고 '처신'이란 각도에서 서술하고 있다. 그것은 규모가 가장 작지만 가장 중요한 가정에서 출발, 이웃, 사는 동리, 직장 사회, 지역사회로 확대되어 나아간다.

또 어린이 학교와 학부모, 사교적 모임, 직업상 모임 등 헤일 수 없이 많은 분야에로 걸치게 된다. 우리는 이들 공동 사회 어디에 소속되고 거기서 활동하고 있으므로 여기 상응하게 자신을 성장시켜 나가야 한다.

예법, 화법, 처신이 삼위일체로 갖춰지면 이는 곧 공동 생활의 능력이 된다. 이를 신장시키는 데 이 책이 훌륭한 반려가 되었으면 한다.

사교상 예법의 규칙이 지금까지의 그 어떤 규칙보다 더 중요한 무엇을 강조한다고 믿는다. 정찬을 어떻게 대접하고 주어진 여러 상황에 직면, 어떻게 적응하는 것이 적절한가 하는 것과, 정당한 적응 방법이 경우마다 각각 다르다는 것은 형식적 예법 책에 엄밀히 규정한 적절한 방법이 많이 있다.

그러나 인간 다운 모든 행위의 근본은 친절이다. 가정 안팎에서 남에게 참된 친절을 베풀면 결코 남에게 잘못을 범하는 일은 있을 수 없다. 또 형식적인 규칙이 매우 유익한 것이요, 지금처럼 잘 지켜지고 크게 존중되어 마땅하다.

다행히 이 규칙이 전처럼 엄격하지 않다거나 그중 몇 부분이 폐기되었다 하여, 그것을 받아들인 동기를 가벼이 생각해서는 안된다. 자존심과 위엄을 갖추고 싶은 것이 인간의 본질적인 욕망이기 때문이다.

예법의 규칙은 대부분 친절 도덕 법률이 잘 조화된 것이다. 또 관습적인 예법에 유념하는 마음가짐을 간직하면, 내성적인 사람도 남을 만나든가 남을 접대하든가 남의 대접을 받는 때 안정과 자신과 여유를 가질 수 있다.

예법이 몸에 자연스럽게 배면 곤란에 직면해도 훌륭한 방패가 된다. 엄격한 관습적 형편에 따라 일부 젊은이가 무시하거나 외면하는 일이 있으나, 정해진 사교상 예법에 의지하면 주어진 장면에 잘 적응하기 쉽고 얻는 바 또한 많을 것이다.

그리고 바람직한 매너는 어디까지나 자연스럽게 행동하는 것이다.

한편, 작금의 우리 말은 한 쪽에서 타락해 가고 있다. 아름답지 못한 말들이 예사롭게 쓰이고 있다. 그런 말을 천진난만한 어린이들이 아무 거리낌 없이 쓰고 있다면, 부모로서 대단히 안타까운 일이다.

이를 막기 위하여 애써야 할 분이 바로 어머니들이다. 어머니들이 우리 말의 참된 생명을 지키고 살려 나가야 할 중대한 책임을 지고 있다.

화법은 사람의 인품을 형성하지만, 인품은 역으로 사람의 화법을 좌우한다. 학교 교육 못지않게 사회교육과 가정교육이 매우 큰 의미를 지님을 누가 부정하랴.

종래의 가정교육은 아버지에 편중된 느낌이 없지 않았으나 오늘의 가정교육은 아버지와 함께 어머니 교육의 비중이 커지고 있다. 홀

룡한 아들 딸이 훌륭한 어머니를 배경으로 성장한다는 사실을 우리가 외면할 수 없을 것이다.

훌륭한 아내, 훌륭한 어머니가 우리 주변에 늘어갈 때, 훌륭한 가정이 늘고 훌륭한 가정이 늘 때 명랑사회가 이룩됨을 누가 아니라 하는 가. 예법 화법 처신이 나를 성장시키고 우리를 성장시켜 나가리라 믿으며 이 책을 내놓는다.

『국어화법론』집문당, 1987.5.15

대학에서 국어교육을 전공하면서 저자는 2가지 문제를 의식하였다. 각급 학교 국어 시간에 글을 가르치면서 왜 말을 가르치지 않느냐는 점, 그리고 또 외국어를 배울 때, 발음을 중시하면서 국어를 배울 때 왜 발음을 도외시하느냐는 점이다.

이 같은 문제 의식에 자극되어 관심 갖기 시작한 분야가 바로 'Speech' 이다. 1955년 경이다. 도서와 문헌을 수집하는 과정에서 Harold P. Zelko 의 *How to become a successful speaker*를 입수하여 미흡한 대로 이를 우리말로 번역하여 1962년 『화술의 지식』을 을유문화사에서 출판하였다.

그리고 1963년, SAA 국제 스피치 학회에 회원으로 정식 가입하였다.

24년 만에 다시 『국어화법론』을 상재上梓하니 벅찬 감회를 가눌 길 없다.

그 사이 저자는 『스피치 개론』[1964], 『화법 원리』[1971], 『화법론』[1973],

『표준 한국어 발음사전』[1984], 『국어화법』[1985], 그 밖에 몇 권의 저서를 발간하였다.

돌아보면 부끄럽기 짝이 없는 빈약한 내용이다.

오직 스피치 연구에 전념, 「유럽 스피치 교육의 사적 진전 소고」, 「유럽 스피치 비평 체계 및 안도산 연설의 적용 예」, 「서재필의 스피치 교육에 대하여」, 「국어화법의 포스에 대하여」, 「연사 안창호의 ethos에 대하여」 등 소논문을 작성 학계에 소개하였다.

공사간 대화, 연설, 회의의 장면을 통하여 직면하는 발표, 토의, 토론, 협의의 과정에서 우리는 언어를 매개로 상호 의사를 소통한다.

이때, 우리는 자기 의도대로 상대를 효과적으로 설득할 수 있는가? 또 남의 사상, 감정, 의지를 효과적으로 이해 수용할 수 있는가?

국어 생활에서 '화법'이 차지하는 위치는 크고 또 분명하다.

바람직한 행동 변화, 바람직한 사회 적응을 위하여 누구든 민주시민의 교양으로 우리말 화법의 연찬研鑽이 긴요함은 불을 보듯 명확하다.

능변이 반드시 교언 영색, 미사 여구, 화술 기교, 음성 과장, 허장虛張 성세聲勢, 감언 이설, 구두선口頭禪 등으로 형상화될 수 없다.

오히려 사실에 입각 진실을 바탕으로 자기 주의 주장을 펼 수 있고, 가치 있는 정보를 수집, 수시로 인용할 수 있으며, 경험과 식견을 통하여 창의성을 발휘할 수 있고, 겸허와 성실한 인간미로 호의 어린 인간관계를 유지한다면 화법 지식의 습득으로 의사소통과 대인 관계 그리고 각계 각층 사회 적응에 일층 보람 있는 성과를 거둘 것이다.

'국어 국문학' 연구에 현대 문학, 고전 문학, 한문학, 음운론, 형태론, 통사론, 계통론, 의미론, 못지 않게 현재, 화법론이 자리를 굳히고 있다.

이에 부응하여 국어국문, 신문 방송, 연극 영화, 그리고 교대 및 사범대는 물론, 일반 대학생 교육, 그리고 기업체 신입과 간부 사원, 각계 지도자 연수의 스피치 교재로 이 책을 편찬하였다.

'Speech'를 우리 말로 옮길 때, 저자는 처음 '화술'이라 하였으나 이것이 학술 용어로 적합하지 않다고 판단, 곧 '화법'으로 바꾸었다.[1960] 말하기 듣기가 한낱 술수에 매일 수 없고, 기교에 머물 수 없다는 신념 때문이다.

여기 효과적인 방법이 모색될 수 있지만 그것이 소위 기법으로 일괄 처리될 수 없을 것이다. 저자는 특히 말하기 듣기를 인격의 교류로 보고 있다.

『국어화법론』을 서장序章까지 포함 모두 14개 장으로 구성하였다. 내용에 중복의 부분이 없지 않다. 그것은 2가지 의도의 반영이다. 우리말 생활에 직접 적용할 수 있는 실제 부분과 이를 발전시킨 학술 부분의 구별이고, 또 중복 설명이 독자에게 이해와 납득을 쉽게 해주리라고 기대하기 때문이다.

다만 입문 과정에서 대상의 대강을 파악하는 것이 기본이란 관점에서 꾸민 체계이다. 그리고 내용 구성상 장별章別로 '개관'을 앞에 '연습 문제'와 '참고 문헌'을 뒤에 실었고 각주脚註는 생략하였다.

『대화의 에티켓』 집문당, 1988.1

오늘 우리는 대화 시대에 살고 있다. 그런데 대화의 기본을 잘 모르고 일상의 대화를 나누고 있지 않은가. 대화의 조건, 대화의 능력, 대화의 분위기, 화제 선택, 어휘 선택 등의 기초는 물론, 설명, 보고, 인포메이션, 설득 등의 말하기 기능과 토의, 토론, 회의, 연설 등의 말하기 유형을 대체로 숙지하지 못한 형편이 아닌가. 대화가 일방 커뮤니케이션에 머물고, 토의, 토론이 논쟁으로 격화 일로를 치닫고, 회의는 제한 시간의 불투명으로 정시에 끝나는 일이 없으며, 연설은 수사에 매이기 일쑤가 아닌가?

이 현상에서 과감히 벗어나야 한다. 보다 조리있는 설명, 논리정연할 뿐 아니라, 감정상 호감을 살 수 있는 설득, 요령있는 간결한 보고, 가치 있는 인포메이션의 구사 등으로 대화, 토의, 토론, 연설에 임해야 한다.

그리고 각계 각층의 기업과 조직에서 좀더 능률적인 회의운영으로 대폭 회의시간을 줄이고, 보다 생산적 부면으로 정력을 돌려야 한다.

'백지장도 맞들면 낫다'고 중지를 모아 나감에 고도의 회의 능력이 필요하다.

말하기 듣기를 한낱 재능으로 보던 시대는 지났다. 지금은 이것이 생활 방편이다. 그러므로 화법 교육이 각급 학교는 물론 모든 조직과 기업체 연수원에서 밀도 있게 활발히 교육되는 것이다.

인구 밀도가 조밀하고 집단 규모가 점차 방대하여 가는 추세 속에 '커뮤니케이션' 기능의 중요성은 불을 보듯 분명하다.

조직은 사람이 움직인다. 그런데 조직을 움직이는 기능이 바로 커뮤니케이션이다.

능변의 조건, 과거는 웅변가 형의 음성을 가질 것, 변론법에 정통할 것, 논리적 사고와 표현이 가능할 것, 어휘가 풍부하고 그 구사가 다양할 것, 대중 조작 능력이 있을 것 등이었으나, 능변의 조건, 현재는 첫째, 진실을 바탕에 깔 것, 둘째, 사실을 사실대로 밝힐 것, 셋째, 가치 있는 정보를 가지고 이를 적절히 구사할 것, 등으로 바뀌었다. 물론 여기 과거의 조건이 더 부가되면 금상첨화이다.

지금까지 각급 학교 국어교육이 문장에만 편중되다 보니 국문 교육의 성격을 띄게 되었다. 명실 공히 국어 교육이면 무엇보다 말하기, 듣기 교육에 우선을 두어야 할 것이다.

최근 화법 교육이 각급 국어 교과서에 조금씩 다루어지고 있음은 때 늦은 감은 있으나 그나마 다행이다.

국어 교육에서 '화법'이 비중있게 다루어지고, 각 기업과 조직이 '화법 연수'를 필수로 사원들에게 훈련을 쌓게 하고 있다. 나아가 평생 교육원에서 '우리말 화법 론'이 수강생 요청으로 수업을 실시하고 있다.

이 책은 작금의 이런 움직임에 대응, 초보적인 선에서 '스피치'에 입문하는 일반 독자층을 위해 쓴 것이다.

설명을 잘해야 상대가 쉽게 이해하고, 설득을 잘해야 상대가 무리 없이 납득한다. 납득되면 호의 어린 반응과 함께 곧 행동을 일으킨다.

이 같은 말하기 듣기 기능이 대화, 토의, 토론, 회의 장면에서 효과적으로 이루어질 때, 비로서 우리는 '대화 시대'에 사는 보람을 만끽하게 된다.

"아첨하는 교묘한 말과 보기 좋게 꾸미는 얼굴 빛은 인仁이 적다"는 '논어'의 말씀을 염두에 새기고, 보다 나은 우리말 생활을 위하여 말하기, 듣기의 효과적 방법을 실천에 옮겨 보자는 뜻을 머리에 적는다.

「한국 근대 토론의 사적史的 연구」 일지사, 1991

「스피치 교육의 사적 진전 소고」라고 제목을 붙인 논문, '유럽 스피치 교육사'를 학계에 보고했을 때, 주위에서 '한국의 스피치 교육사'를 정리해 보면 어떻겠는가 하는 권고를 받고 한국의 근대사 자료를 살펴보는 중에 우연히 협성회, 독립협회, 만민 공동회의 활동 상황에 관심을 가지게 되었다.

한국 근대에 이입移入 수용된 유럽 스피치는 연설, 토의, 토론, 회의 등으로 한정되고 학술 연구를 기본으로 한 학문 이론에 중점을 둔 것이 아니라, 실연實演의 형식에 비중을 둔 매우 기초적인 부분임을 이해하게 되었고, 유럽 스피치를 직접 체득한 우리 지도자가 우리말 스피치를 통하여 당시 민중에게 민족 자강, 민족 자주의 독립 정신과 개화 정신을 계몽하였다는 역사적 사실에 접하게 되었다.

서재필, 윤치호 두 지도자는 장차 우리에게 의회가 설립될 것을 전제로 하여 의원 양성의 원대한 목표를 세우고, 협성회 및 독립협회 회원들에게 연설, 토의, 토론, 회의법의 실연 경험을 쌓게 하였다.

토론회의 효시嚆矢는 협성회 이지만 거의 동시에 독립협회 또한 토론회를 개최하여 공변公辨을 통한 공론公論 형성의 과정을 각 자 회원이 직접 체험할 수 있게 지도하였다.

협성회 토론은 '협성회 규칙'1896의 토론 규칙을 따르고, 독립협회 토론은 '독립협회 토론 규칙'1897을 따랐으며 그 준거準據는 윤치호가 번역한 '의회 통용 규칙'이었다.

그리고 또 이 규칙은 로버트Robert '의회 규칙 편람'을 초역한 내용이다.

동의, 재의, 개의 등 회의 용어가 처음으로 번역 사용되기 시작한 때가 바로 이 무렵이다.

오늘날 사용되는 회의 용어의 기원이 된 것이다. 독립 협회 창립 당시 목표가 'debating society'이던 점만 보더라도 협회와 토론과의 관계가 밀접한 것이었음을 쉽게 확인할 수 있다.

'국어교육'을 전공하며 현대문, 고문, 문법, 작문, 국문학사와 함께 Speech가 고교 국어과 교과 과정에 반드시 포함되어야 할 것이며 나아가 대학 교양 국어에도 화법이 작문과 함께 중요 과목으로 학습되어야 할 것이란 저자의 확신이 결국 본 저서를 착수하게 된 동기이다.

스피치를 좁은 뜻으로 '연설'이라 옮길 수 있는데 넓은 뜻은 '화법'이라 하여 대화, 토의, 토론, 회의, 연설 등을 망라하는 내용의 한 학문 명칭이 된다.

저자는 한때, 스피치를 '화술'이라 옮겼으나 말하기, 듣기가 한낱 술수에 매일 수 없고 기교에 머물 수 없다는 판단 때문에 다시 용어를 화법으로 바꾸어 사용하고 있다.

국어의 화법 교육이 제도권 밖에서 실시된 것이 1890년대 협성회,

독립 협회에서의 일이요, 중심 지도자는 서재필 윤치호 등이고, 교재는 '의회 통용 규칙'이며 교육 내용은 실연 위주의 연설 토론 회의 법이었다는 '근대한국 토론의 생성 발전에 관한 연구가' 본 저서의 주제이다.

결국 저자는 근대한국 공중 집회의 스피치 실연 상황의 형식과 내용 그리고 영향 등을 분석하여 우리말 스피치 실연의 여명기를 조명하고 Debate에 초점을 맞추어 그 역사적 의의를 찾아본 것이다.

국어 교육 전공자로서 우리말 화법의 한 분과인 토론의 역사적 전개 과정을 우리 근대사의 시점에서 인접 학문인 사학 및 사회학의 그동안 이루어진 학문적 성과를 토대로 정리한 내용이 바로 이 저서이다. 그러므로 사계 선학先學의 도움이 매우 컸음을 여기 밝힌다.

창조 신서 『교양인의 화법』 창조사, 1993

우리는 예로부터 언어 예절을 숭상해 온 민족이다. 바른 몸 가짐, 고운 말씨를 사회 생활의 가장 큰 덕목으로 삼았던 것이다. 그러기 위해서 선한 인성에 바탕을 둔 지혜로운 화법을 가르쳐 왔다. 어느 선인이 남긴 그 가르침의 한두 대목을 옮겨 본다.

"남을 이롭게 하는 말은 따뜻하기가 햇솜과 같고, 남을 해치는 말은 날카롭기가 가시와 같다. 한 마디의 짧은 말이 귀중하여 천금의 값이 있기도 하고, 한 마디의 말이 남을 해쳐 아프기가 칼로 베는 것과 같기도 하다.

입은 곧 남을 해치는 도끼요, 말은 곧 혀를 베는 칼이니 입을 다물어 혀를 깊이 간직하면 어느 곳에서나 굳게 지켜져 몸이 편안할 것이다."

오늘날의 화법교육을 아무리 잘한다 해도 대화에서의 마음가짐을 이보다 더 명쾌하게 설명할 수 있을까?

또 말할 때의 몸가짐은 어떠해야 하는지 다음과 같이 이르고 있다.

"말할 때 몸을 비틀지 말며 머리를 흔들지 말며 손을 놀리지 말며 무릎을 달싹거리지 말며 발을 떨지 말며 눈을 깜빡이지 말며 눈동자를 굴리지 말며 입술을 씰룩이지 말며 침방울이 튀게 하지 말며 턱을 괴지 말며 수염을 문지르지 말며 혀를 내밀지 말며 손뼉을 치지 말며 손가락을 튀기지 말며 팔을 부르걷지 말며 얼굴을 쳐들지 말며……."

이 책은 1973년 10월에 초판 된 '교양인의 대화술'을 바탕으로 하여 1982년 10월에는 이를 개정 '교양인의 대화법'으로 출간한 바 있고, 또 1993년 9월에는 다시 많은 것을 증보^{增補}하여 '교양인의 화법'을 내놓는다.

책이란 10년, 20년을 두고 힘을 들여 깁고 더하는 가운데서 그 내용이 보다 충실해진다는 것을 새삼 알게 되었다.

저자는 이 20년을 지내오는 동안 우리나라 교육에서 "글은 가르치는데 왜 말은 가르치지 않는가?"라는 문제를 가지고 나름대로 '올바른 화법 교육'을 주장해왔다.

방송에서 대학에서 많은 직장을 찾아 다니면서 쉬지 않고 지금도 이 작업을 이어가고 있는 것이다. 그런데 다행이도 교육부에서는 1996년부터 고등학교 교육 과정에 '화법'을 정식 과목으로 채택한다고 발표했으니 이 얼마나 반가운 일인가!

그동안 우리나라 각급 학교의 국어 교육은 글을 가르치는 교육이었을 뿐 말을 가르치는 교육은 아주 등한시해 왔다.

외국어는 단어 하나를 놓고도 그 발음을 몇 번이고 거듭 가르치면서 국어의 발음은 그대로 내버려 두었던 것이다. 그 결과 오늘날 우리 젊은이들의 국어 발음은 장단도 모르고 고저도 모르는 제멋대로의 소리를 내는 것을 많이 듣는다. 참으로 큰 걱정이 아닐 수 없다.

말이란 제 멋대로 혼자서 하는 것 같지만 실은 엄연한 약속과 어길 수 없는 규칙이 있는 것이다. 더구나 온 나라 사람들이 함께 쓰는 '국어'이고 보면 그것은 몇몇 학자나 전문가가 지배하는 것이 아니라 민족 공동의 힘으로 다듬어지고 가꾸어지는 절대하고도 영원한 생명체인 것이다.

세계적으로 가장 세련되었다는 프랑스말이 품위와 격을 유지하는 까닭도 프랑스인이 제 나라 말을 아끼고 사랑해 온 때문이요, 프랑스인이 그들의 정신을 굳건히 지켜온 때문이다.

우리도 남못지 않은 말과 글이 있을 진대 우리 모두의 힘으로 다듬고 가꾸어 나간다면 얼마든지 더 아름다워질 수 있고 더 세련될 수 있을 것이다.

오늘날처럼 국어 생활에 대한 적극적인 인식이 요구된 적은 일찍이 없었다.

수천 년을 이어져 온 우리 말의 혼과 맥을 잇는다는 일, 그리고 실질과 실용을 살리며 예절과 교양을 담은 새 시대에 맞는 화법을 다듬어 간다는 일은 진정 가슴 뿌듯한 사명이 아닐 수 없다.

나와 남과의 대화가 원만해야 개인의 발전은 물론 공동체의 번영을 도모할 수 있는 것이다.

주위 사람들이 나의 언동을 어떻게 보는가 그들의 마음의 눈에 내가 어떻게 비추이기를 바랄 것인가.

아니 어떻게 비추이는 것이 바람직한 가를 소홀히 생각할 수 없는 것이 현대인의 생활이다.

입이 말하고 귀가 듣는 것이 아니라 입을 통해 인격이 말하고 귀를 통해 인격이 듣는 화법의 실상을 모르기 때문에 가장 질서가 지켜져야 할 의사당에서도 욕설과 폭언이 난무하게 되는 것이다.

또 방송은 흥미에 치중함으로써 오락이 우세하고 교양이 열세로 밀리는 경향이다. 따라서 방송이 국어 생활의 시범을 보이지 못하고 있음이 안타깝다.

대화 능력이 예절과 교양 그리고 품격品格을 유지할 때 가정 생활은 물론 사회 생활이 윤기를 더해 갈 수 있을 것이다.

『바른말 고운말』집문당, 1994.9.1

방송사에서 아나운서 또는 실장으로 30년을 근무하다가 12년 전에 대학으로 직장을 옮겨 현재 수원대학교 인문대학 국어국문학과 교수로 국어학을 가르치고 있습니다.

이번에 교육 방송에서 『바른말 고운말』을 맡게 되었습니다.

여러분과 함께 바른 국어 생활을 위해 진지한 노력을 경주해서 우리의 국어 생활을 반성해 보고 올바른 언어 생활의 길을 열어 나가는 데 일조가 되어 드리고자 합니다.

그동안 각급 학교 국어 시간이 주로 문장에 편중하여 학생들을 가르친 까닭에 문장 교육은 어느 정도 틀이 잡혔다고 하겠지만 언어 교육, 바꾸어 말하면 '말하기, 듣기'의 국어 생활은 비교적 등한하게 다루어져 많은 문제점을 안고 있습니다.

첫째, 언어 교육에서 발음을 철저히 가르치지 않는 실태를 우리는 국어 교육에서만 찾게 됩니다.

둘째, 어휘가 풍부하고 다양해야 그 뜻을 담은 그 말을 적절히 선택하여 의사 표현을 효과적으로 할 수 있을 터인데 이 점 또한 문장으로 처리해 버린 탓에 언어 생활의 실제에 적용해 보는 능력이 부족한 실정입니다.

"당신의 우리말 실력은 얼마나 되십니까?" 하는 물음에 분명하게 선뜻 대답할 수 있는 사람이 얼마나 되겠습니까? 외국어 학습에 기울이는 열의만큼 우리말 학습에 진지한 노력을 기울여야 하지 않을까요?

'국제화시대'를 외쳐대는 소리가 클수록 자신을 돌아보는 자주 의식을 새롭게 가늠해 보지 않을 수 없습니다.

이 지구촌에서 한국어를 갈고 닦고 아껴야 할 사람이 누구입니까? 외국어는 잘하는데 우리말을 확실히 모른다면 얼마나 부끄러운 일입니까? 문화 민족의 긍지는 제 나라 말과 글을 아끼고 사랑할 줄 알 때에만 확실하게 드러내 놓을 수 있습니다.

또 학교 교육을 받았다면 우선 표준어와 표준 발음 그리고 맞춤법에 자신이 있어야 합니다. 적어도 공적인 정황이라면 표준어 구사가 상식임에도 불구하고 이 점에 소홀한 경우가 있습니다.

심지어 방송에 고정으로 출연하는 인사조차 예외가 아님을 볼 때 더욱 안타깝습니다.

뿐만 아니라, 분별없이 일상 대화에 쓰이는 외국어와 외래어 그리고 비속어 문제는 어떻게 해야 할까요? "사회 현상이 그대로 언어에 반영되니 반드시 고운말만 고집할 수 없다"고 합니다.

그러나 폐수와 하수를 어쩔 수 없는 것이라고 방치해 둘 수 없는 것처럼 '국어 순화 운동'을 통해 오염된 언어를 꾸준히 정화해 나가야 하겠습니다.

이 책은 저자가 1993년 3월부터 이듬해 2월까지 EBS 교육 방송의 요청으로 매일 5분씩 라디오로 전국에 방송한 『바른말 고운말』 원고 가운데서 간추려 뽑은 것입니다. 물론 이 책은 1989년부터 새롭게 적용 실시되고 있는 '표준어 규정'과 '한글 맞춤법'을 바탕에 두었습니다.

『고등학교 화법 – 문교부 검정 교과서』 전영우 외, 교학사, 1996.3

학생 여러분과 직접 만나지는 못해도 이렇게 책을 통해서 만나게 됨을 기쁘게 생각합니다. 우리의 만남이 좋은 결과를 얻을 수 있기를 바라는 마음 간절합니다.

사람은 말을 하면서 살아갑니다. 말로 의사를 소통하고, 말로 사고를 하며, 말로 지시하고 요청합니다. 그뿐 아니라, 자연이나 사물을 상대로 말하기도 하고, 자기 자신을 상대로 말하기도 합니다.

그러므로 언어 없는 사람이란 상상하기도 어렵습니다. 언어의 본질을 인간 활동이라고 하는 까닭도 이런 사실에 근거한 것입니다.

올바른 언어 생활을 하려면, 화법을 배우고 익혀야 합니다. 자신의 사상과 감정을 올바로 이해하는 것이 화법의 중추적 기능이기 때문입니다. 우리는 이 화법의 기능을 체계적으로 학습하여 다양한 의사소통 상황에 능동적으로 대처함으로써 성공적인 삶을 영위하여야 합니다.

이 교과서의 내용 체계는 '화법의 본질', '화법의 원리', '화법의 실제'로 구성하였습니다.

'화법의 본질'에서는 의사소통이 이루어지는 상황과 화법에 대한 일반적 이해가 학습의 중심 내용이고, '화법의 원리'에서는 의사소통이 이루어지는 상황과 관련하여 자신의 의사를 표현하는 과정과 남의 말을 이해하는 과정이 학습의 중심 내용입니다.

'화법의 실제'에서는 화법의 본질과 원리를 바탕으로 다양한 의사소통 상황에서 실제로 표현하고 이해하는 활동을 전개하도록 학습의 중심 활동을 꾸몄습니다.

이 교과서는 학습 활동에 중심을 두고 편찬했습니다. 화법 학습에서는 원리의 이해보다도 그 원리에 근거한 실제적인 훈련을 철저히 해야하기 때문입니다.

지식과 정보가 가치를 발휘하려면 늘 응용되고 적용되어야 합니다. 응용하고 적용할 수 없는 지식은 산 지식이 될 수 없습니다.

이 교과서를 사용하는 학생들은 먼저 '준비 학습'을 정성 들여 한 다음에, 본문을 스스로 읽고 거기에 제시된 이론과 예를 음미하고 나서 '학습 활동'을 실제로 전개해 주기를 바랍니다.

학습 활동이 어렵고 힘 들어도 꾸준한 자기 개발에 노력하면 말하기와 듣기 능력이 서서히 향상됨을 실감할 수 있을 것입니다.

우리 교육이 목표로 하고 있는 '자주적인 사람' '창의적인 사람'의 양성은 학습자 개개인이 성취 동기를 가지고 스스로 노력하는 데에서 이루어지는 것입니다.

아무쪼록 학생 여러분이 꾸준한 노력 끝에 좋은 화자, 좋은 청자가 될 수 있기를 바랍니다.

『대화의 미학』 집문당, 1997.12

은사 조윤제趙潤濟 박사가 저자의 『스피치 개론』1964 출판 기념회 때, '문화겸전文話兼全'이란 휘호揮毫를 해 주시어 나는 여기서 두 글자를 따 문겸文兼 이란 호를 후에 지었다. 서울대 사대 국어과에서 수학할 때, 장차 말도 잘하고 글도 잘할 수 있다면 좋겠다는 꿈을 가졌는데, 지금에 와 보니 말도 글도 잘하지 못하는 형편이고 보니, 자괴감自愧感을 감출 길 없다.

아마 도남陶南 선생이 필자에게 문재가 조금 있음을 일찍 간파하시고 이 휘호를 통하여 문화가 겸전兼全하도록 노력하라고 당부하신 것 같다.

서투른 솜씨의 글이나마 나의 수상隨想이 지나간 생애를 회고함에 무엇인가 회억回憶되는 부분을 새롭게 부각시켜준다. 글은 보잘 것이 없으나 남들처럼 추억은 아름답기에 후안 무치하게 치부를 들어내 놓는다.

화려한 인기 직업, 아나운서로 시작하여 남이 선망하는 직업 대학교수가 되기까지 남 모를 시련과 우여 곡절이 없지 않으나 자신이 하고 싶은 2가지 천직天職에 뜻대로 종사할 수 있던 일은 분명 나에게 신의 가호가 따른 행운이라고 생각한다.

이 책의 의도는 도대체 인간은 무엇 때문에 말하는 것인가, 또 말하기와 듣기가 우리 생활 속에서 어떻게 기능하는 것인가를 극명하게 드러나 보이게 하는데 있다.

이 졸저拙著를 정독하고 '화법'을 일층 깊게 연구하고자 하는 뜻있는 독자들이 많이 나와 그 중에서 참되고 튼실한 전문가가 몇 사람 출현한다면 얼마나 바람직한 일인 가.

한국이 국제 무대를 향하여 비상해 나가는 오늘날, 한국어의 새로운 정립이 무엇보다 선결 문제라고 생각한다. 그러기 위하여 한국어 화법이 발전해야 한다.

현재의 한국어는 적어도 발음 문제에서 걷잡을 수 없는 혼란상을 보이고 있다. 그러므로 국어 발음부터 일층 정확히 수련하고 발전시키지 않으면 안된다.

무대와 연단에서 하는 화법도 물론 연구할 가치가 있으나 일상 적인 대화를 좀더 심도 있게 연구할 필요가 있다고 믿는다.

일상이 적힌 나의 수상隨想을 통하여 대화의 일반적인 양상을 자세히 관찰 분석하고, 동시에 본인이 걸어온 길을 더듬어 음미하며 본인의 생각과 느낌과 뜻을 좀더 가까이 접할 수 있는 기회가 독자讀者 여러분에게 생긴다면 얼마나 다행인 일인가.

- "살며 생각하며, 방송과 대학"에서는 이와 같은 저자의 의중이 반영된 것이고,
- "더불어 사는 사회, 대화의 지혜"는 각 기업체 사보社報 등에 이미 게재한 글을 모은 것이다.
  각각의 꼭지가 모두 독립된 문장이므로 혹 부분적이나마 꼭지 사이에 중복된 어구가 이따금 독자의 눈살을 찌푸리게 할지 몰라 송구스러운 감이 없지 않으나 이 점 정중히 양해를 구한다.
- "방송 언어, 발음 실현과 음성 표현"은 1962년, 저자가 처음 펴낸 '표준 한국어 발음 사전'을 저술한 때, 여기서 얻어낸 성과이므로 이 부분이 독자의 많은 관심을 끌 것으로 안다.
- "21세기에의 도전, 연설과 토론"은 의견 발표와 의사소통에 대한 요령과 기법을 간략히 기술한 부분이므로 이 방면의 도움을 찾는 분들에게 일조가 되리라고 확신한다.

방송과 대학 및 대학원 수업, 그리고 기업체 강연을 듣고 저자를 기억하는 여러분에게, 다른 저서를 이미 읽은 독자들에게, 현역과 예비 아나운서들에게, 연극 영화 배우 및 방송 탤런트들에게, 화법 교육에 관심 있는 교사들에게, 스피치 기법을 이해하고자 하는 각급 리더들에게 그리고 화법 교양을 필요로 하는 모든 이들에게 이 책의 일

독을 권한다.

　대화의 의미는 실로 중차대하고, 대화의 가치는 명약관화하다. 대화는 모든 인간관계의 초석이 된다. '대화의 미학', 대화의 본질과 구조를 단편이나마 미적인 사실로 추구해 보자는 캠페인이 이 책을 효시嚆矢로 하여 이 사회에 크게 꽃 피우기를 저자는 간절히 기대해 마지 않는다.

『신 국어화법론』 태학사, 1998

　'스피치' 연구와 관련하여 지난 날을 돌이켜보면, '1962년'은 저자에게 매우 뜻 깊은 한 해가 된다. 첫째 대학원에서 석사논문, 「스피치 교육의 사적 진전 소고」가 심사를 통과하고, 둘째, 해롤드 젤코가 지은 『화술의 지식』을 번역한 책이 을유문화사에서 간행되고, 셋째로, 젤코Zelko 교수기 학회장으로 있는 국제 스피치 학회에 정식 회원으로 가입하고, 넷째, 숙원 과제인 『표준 국어 발음사전』을 편찬하여 문공부에서 간행한 때문이다.

　'국어 국문학'을 전공으로 선택하고, '국어화법'이라 연구 범위를 한정하여 새 길을 닦아 온 지 어언간 40년을 바라보는 길목에서 금년에 다시 학술 논문집으로 『신 국어화법론』을 상재上梓하게 되니 저자로서 감회가 자못 크다.

　"인간의 바람직한 언어 표현은 자갈밭 속의 에메랄드 빛보다 더 귀하다"는 프타호텝Ptahotep의 교훈과 동양의 '신언서판身言書判'은 다

같이 인간의 사회 활동에서 언어 생활이 차지하는 비중을 아주 극명하게 표현한 말이다.

누구에게나 인간관계는 일상의 의사소통으로 명백히 형성되고, 보다 효과적인 의사 표현과 토의 토론에서의 탁월한 능력 발휘, 그리고 능률적인 회의 참가는 인간의 모든 문화 생활에서 결코 결여될 수 없는 사회 참여의 기본 자세가 아닌가 한다.

상대를 납득시킬 수 있는 설득력, 상대에게 희열喜悅을 안겨주는 환담歡談의 전개, 커뮤니케이션에서 상호 간에 발생하기 쉬운 오해와 불화의 감정 배제는 지도적 인격 연마에 필수적 교양임을 누구도 부정하지 못할 것이다. 일반 교양인에게 효과적인 화법이, 지도층 인사에게 설득력 있는 화법이, 특수 직 종사자에게 전문적 화법이, 그리고 각 방면 비즈니스맨에게는 성과있는 상담능력이 절실하게 요구되는 것이 작금의 추세이다. 더욱이 유엔은 1983년을 이미 '커뮤니케이션의 해'로 선포한 바 있다. 화법이 국제 사회에서도 중요한 가치 척도 임을 새삼스럽게 인식하게 된다.

아트, 사이언스, 패도로지Pathology로 연구영역이 확실하게 세분되나 스피치는 대체로 언어 생활의 범주에서 연구하는 학문이다.

수사학, 논리학, 언어학, 심리학, 사회학, 교육학, 국어학, 음성학. 의미론 등이 보조 학문이다. 국어학에서 스피치를 응용 국어학으로 분류하는 경우가 있다.

고대는 이집트, 그리스, 로마에서 근대는 영국과 미국에서 이 방면 연구가 고조되었다.

데모스데네스, 키케로, 윈스톤 처칠, 존 케네디 등은 역사상 능변으로 손꼽히는 인물들인데 시대 상황에 따라 평가 기준은 차이를 보인다. 데모스테네스는 웅변으로, 키케로는 화법으로, 처칠은 정치 연설로, 그리고 케네디는 정치 토론으로 세계 스피치 문화에 기여한 것으로 특징 지을 수 있다.

학과에 따라 우리나라 대학 및 대학원에서 벌써 스피치를 전공 또는 교양 선택 과목으로 확정한 사실은 매우 고무적인 현상이다. 이렇듯 연설의 의미를 가진 스피치가 광의로 한 학문을 지칭하기도 한다.

저자가 연구 초기에 용어를 '화술'로 옮겨 쓰다가 곧 화법으로 바꾸었다. 현재 이 용어가 학계에 수용되어 그대로 통용되고 있다.

한편, 고등학교 국어과 교육 과정에 화법이 선택 과목으로 결정되어 1996학년도부터 전국 고등학교에서 화법 교육이 실시 중에 있음은 특기할 사실이다. 저자 역시 같은 해 화법 교과서를 집필하여 공저로 교학사에서 출간한 바 있다.

대학의 텍스트는 1985년 방송통신대학에서 『국어화법』을 저자가 공저로 내고, 1987년, 집문당에서 『국어화법론』을 단독 저서로 낸데 이어 금번 일층 진전된 학문 연구의 성과를 모아 전혀 새로운 체제와 내용 구성으로 논문집을 출간하게 되니 매우 뜻깊은 일이 아닐 수 없다. 어느 분야이든 학문의 출발은 역사적 연구요, 학문의 종결은 철학적 연구라 할 때, 국어화법 또한 역사적 연구를 배제할 수 없다.

이러한 분명한 관점에 입각하여, 유럽의 스피치를 우리 학계에 확실하게 접목한다는 의도로, 화법 교육의 역사를 앞 부분에, 근대사의 인물과 사회 현상에 대한 연구를 가운데 부분에, 그리고 미래 지향적인 또 다른 관점을 설정하여 듣기 능력 향상과 언어 조사 방법 등의 색다른 연구를 뒤 부분에, 각각 수록함으로써 종전 응용 국어학에 머물게 한 실용적 위상을 한 차원 높여 화법 연구가 학술적으로 자리 매김할 수 있게 본 저서를 편찬한 것이다. (…중략…) 국어학 전공으로 새 분야에 관심을 갖는 대학 및 대학원생 그리고 각 급 학교 국어과 교사에게 이 저서가 앞으로 화법 연구의 길라잡이 구실을 다 할 수 있다면 저자의 더 없는 기쁨이 되겠다.

'스피치'를 천착穿鑿하여 '국어화법' 연구의 외길을 걸어온 저자인 만큼 가능하면 앞으로도 이 길을 계속 걸어가게 될 것이다.

『토론을 잘하는 법』 거름, 2003.5

토론의 진수, 기본부터 차근차근 배워 보길. "인간은 사회적 동물이다"라는 고전적 명제를 굳이 떠 올리지 않더라도 우리가 주변에서 일어나는 모든 문제를 혼자 힘으로 해결할 수 없음은 자명한 일이다.

우리는 대부분의 문제를 남과 정보를 공유하고 아이디어를 교환하는 등의 상호 협력을 통해서 해결한다. 이렇게 다른 사람과의 협력을 통해 문제를 해결하고자 할 때 교류의 기본 수단으로 가장 빈번하게 사용되는 것이 바로 토론이다.

사회가 고도로 발전하면서 인간관계가 한층 복잡해진 21세기에는 의사소통과 문제 해결의 수단으로서 '토론'의 역할과 중요성이 더욱 커지고 있다. 토론은 문제 해결 및 의사 결정 수단뿐만 아니라 진리 탐구를 위한 지름길이 되기도 한다. 평소에 우리는 토론을 함으로써 논리적 사고력과 표현력을 향상시킬 수 있을 뿐 아니라 효과적인 자료 조사 및 분석 방법도 배울 수 있다. 또한 토론은 대상을 정확히 판단할 수 있는 비판적 사고력을 기를 수 있게 해 준다. 학교나 기업과 같은 조직에서 워크숍 등을 통해 토론회를 자주 갖는 것은 토론이 가진 이러한 교육적 효과 때문이다. 더 나아가 토론은 조직의 운영, 특히 기업 경영의 도구로서도 매우 유용하다. 오늘날 비즈니스 사회는 부단히 격변하고 있다. 이제 기업은 경영 환경의 변화에 대한 정확한 예측을 바탕으로 "무엇을 언제 어떻게 실시할 것인가"를 충분히 심사 숙고하여 정책을 결정하고 시행하지 않으면 치열한 경쟁에서 살아남기 힘들다.

즉, 기업 경영에 있어서 '전략적 사고'가 핵심 경쟁력으로 작용하고 있는 것이다. 기업의 전략적 사고는 바로 '토론'을 통해 이루어지며, 구성원들이 얼마만큼 논리적 사고력을 가지고 있는가가 경영의 성패를 좌우한다. 이는 곧 '토론의 기술'이 비즈니스맨에게도 중요한 자기 계발 항목이라는 사실을 말해 주는 것이기도 하다.

최근 우리 사회에서 각종 토론회가 성행하고 있으나 제대로 격식을 갖춘 생산성 있는 토론을 찾아볼 수 없다는 것이 일반적인 견해이다. '어떤 문제에 대해 여러 사람이 각자의 의견을 내세워 정당성을 주장하는 논의'가 토론이라고 할 때, 우리는 아직 토론의 진수를 경험하지 못하고 있는 형편이다.

다수의 의견을 통해 바람직한 합의를 이끌어내 보겠다고 기껏 마련한 토론회장에서 참가자들은 억지 주장을 앞세우며 상호 비방을 서슴지 않는가 하면, 현란한 말 재주를 뽐내느라 알맹이도 없는 변론만 길게 늘어놓는다.

특히 의사소통의 기본적인 소양조차 갖추지 못한 참가자들이 이성보다는 감정을 앞 세워 말 싸움을 벌이는 모습은 토론을 지켜보는 사람들의 눈살을 찌푸리게 만든다. 토론은 한 가지 논제를 놓고 서로 주장이 상반되는 양자 또는 양측 사이에서 벌어진다. 참가 인원, 진행 절차 등 일정한 규칙에 토대를 두며 주관적 단정이 아닌 입증된 사실을 가지고 해야한다. 그리고 최종 단계에서 심판의 판정을 받는다. 토론을 고난이도의 커뮤니케이션이라 하는 이유는 바로 이러한 엄격한 규칙과 형식 때문이기도 하다. '토론의 기술'이 핵심 경쟁력으로 작용하고 있는 만큼 이제는 누구나 토론을 배우고 익혀야 한다. 화법에 관한 책들이 난무하고 있는 요즘이지만 토론에 대해서 기본부터 차근차근 가르쳐 주는 책은 그다지 많지 않다. 이는 아직까지 많은 사람들이 토론의 중요성을 인식하지 못하고 있으며 그 결과, 우리 사회에 성숙한 토론 문화가 정착하고 있지 못한 데서 그 원인을 찾을 수 있다.

이 책은 토론에 대해서 전혀 모르는 사람들도 기꺼이 토론과 친해짐으로써 토론을 잘할 수 있도록 도움을 주기 위해 쓰여졌다. 또한 더 나아가 이 책이 현재 우리 사회의 토론 문화를 개선하고 질적인 향상을 꾀하는 데 작은 밀알이라도 되었으면 하는 바람이다. 이 책을 읽은 독자들이 토론의 메리트를 충분히 이해한 후에 다양한 토론의 기술과 방법들을 실전에서 십분 응용하고 실천할 수 있다면 저자로서 더없는 보람으로 여길 수 있겠다.

『토의 토론과 회의』 집문당, 2003.5

　오늘처럼 우리에게 논리적 사고와 논리적 표현이 고도로 요구된
적도 없다. 대학 수험생의 논술 고사가 바로 이 점을 뒷받침한다고
보겠다. 그러나 그것이 글에만 머물러 있는 느낌이다. 글과 함께 말
을 통한 논리적 표현 능력이 아쉬울 뿐이다. 때마침 1996년부터 고
교 국어과 과정에 '화법'이 포함되면서 이에 대한 일반의 관심이 어
느 때보다 고조되고 있다.

　이렇듯 우리의 일상 언어 생활 가운데 대화, 연설, 토의, 토론, 회의
등에 대한 새로운 인식이 최근에 와서 크게 확산되는 추세이다. 앞으
로 고교와 대학 수업은 물론 일반 기업체와 공공 단체 직원 연수에
'화법'이 새 과목으로 각광을 받게 될 것이 분명하다. 이와 같은 시각
에 따라 가장 이해하기 힘든 부분인 '토의'와 '토론'을 중심으로 이론
과 실제를 알기 쉽게 서술해 보았다. 그리고 독자의 편의를 위해 고
교 및 대학생의 학습을 도와주는 '기초 학습'과 일반 직장인의 연수
에 도움을 주는 '실제 응용'의 2편으로 크게 나누어 내용을 편성하였
다. 인간은 언어를 매개로 의논을 통하여 남과의 관계를 유지하고,
사회 생활을 영위한다. 의논 행위는 인간관계의 기본 형식이요, 사회
생활의 현장이다. 의논에는 대화와 회의의 두 유형이 있다.

　대화와 회의를 통하여 우리는 사람다운 삶을 누리며 오늘의 문화
를 창조해 온 것이다. 조직 내에서 업무를 추진해 나가는 데 회의가
필요 불가결하다. 문제는 다만 회의의 능률성을 어떻게 높여갈 수 있
는가에 있다.

기업 경영의 한 가지 유형에 집단 경영이 있지만 이때에 현장 사원까지 소집단 활동을 벌이며 경영 관리에 참여하게 된다. 요컨대, 커뮤니케이션을 수단으로 조직의 활성을 찾기 위하여 전체 사원이 회합에 의존하는 것이다. 이 경우에 알찬 집단 토의가 바람직한 것은 물론이다. 따라서 화법을 통한 집단 토의 방법과 중지衆智를 모아 의사를 결정하는 토론 방법을 회의 기능의 두 축으로 보게 된다.

토의는 두 사람 이상이 모여 주어진 문제를 놓고 해결 안을 모색하는 것이고, 토론은 이미 나온 해결 안을 놓고 2 팀이 긍정 혹은 부정 측으로 갈리어 각각 자기 입장을 주장하고 상대의 주장을 논박하는 의논 행위이다. 토론이 이 땅에 처음 소개된 것은 지금부터 꼭 백년 전의 일이다. 그럼에도 불구하고 아직껏 토론이 보편화 되지 않고 있다. 토론은 논리 능력을 기르기 위한 가장 좋은 방법이다. 논리 능력은 논리적 사고 능력과 논리적 표현 능력을 포괄한다. 이 두 가지 능력이 대체로 우리에게 부족하다고 본다.

논리적 사고 능력은 사물에 대하여 이치를 따져 분석적으로 사고하는 능력이고, 논리적 표현 능력은 그것을 알기 쉽게 표현하는 능력일 것이다. 논리는 고대 그리스 시대 이래 서구의 전통 문화에서 찾아볼 수 있다. 서양인은 언어를 중요 시 하고, 논리를 존중한다. 이에 비하여 동양인은 정서적인 커뮤니케이션에 중심을 두는 경향이 아닌가 한다. 우리가 '침묵은 금'이라는 가치관을 가진데 비하여 그들은 '침묵은 바보의 미덕' 이라는 가치관을 견지하는 셈이라고 보아진다. 이렇게 볼 때, '로고스'의 서양인에게 현재 우리의 '파토스'가 쉽게 통할리가 없을 것이다. 세계화 과정의 마당에서 이따금 경제 대국이 일으키는 경제 마찰을 보면 이 점이 쉽게 이해된다.

논리를 연마하기 위해 실시하는 토론은 사물의 실상과 사실을 토대로 정의와 진리를 추구한다. 그러므로 토론은 우리에게 논리적 사고와 논리적 표현 능력을 키워 주게 된다. 논리가 없이 인간이 사물을 바르게 사고할 수 없지 않은가. 논리는 과학적 진리 탐구의 전제가 된다. 따라서 논리적 사고를 과학적 사고라 말해도 좋을 것이다. 그러므로 논리를 외면한 풍토에서 과학이 발달할 까닭이 없다. 우리의 토론 학습은 이제 겨우 시작 단계에 와 있다. 학교 수업은 물론 기업체 연수에서 특히 토론의 도입이 시급히 요구 된다고 본다.

고교생과 대학생의 화법 학습을 위한 보충 교재로, 일반 직장인의 연수 교재로 이 책이 폭 넓게 활용 되기를 바란다. 1962년 미국의 스피치 교재를 번역하여 우리나라에 처음 '화법'을 소개한 본인이 오늘 다시 '토의 토론과 회의'를 상재上梓하게 되니 그 감회가 새롭다.

『설득의 비즈니스』역락, 2003.9

사람을 움직이는 요체要諦는 무엇일까. 근대 경제학의 창시자로 일컬어지는 아담 스미스Adam Smith는 영국 글레스고 대학에서 윤리학을 강의하면서 "인간은 이기적 동물이어서 항상 이익을 추구한다. 인간 행동의 원칙도 사회의 질서도 이처럼 인간이 이익을 추구하는 동물이라는 의미 속에 함축된다"고 말했다.

사람을 움직이려면 호감을 사되, 상대방 이익을 중심으로 해야 한다는 것이 결국 요체要諦가 된다. 인간 행동의 동기가 욕구에 있다면 따라서 우리가 사람을 움직이고자 할 때 이 같은 욕구를 잘 이해하고 활용하는 것이 보다 효과적일 것이다. 확실히 인간이 움직이는 동기가 '욕구'에 있음을 간과할 수 없다.

그러나 사람이 욕구를 자극 받으면 즉각 행동을 일으킨다고 생각할 수는 없다. 보통의 상식을 갖춘 사람이면 행동을 시작하기 전에 먼저 양심과 이성을 움직인다. 법률, 도덕, 의리, 인정에 어긋나지 않을까. 금전적인 손실이나 명예의 훼손이 일어나지 않을까, 곧 실행해야 할까. 아니면 잠시 시기를 기다려 보는게 좋을까 등을 고려한다.

장면과 분위기를 감안하고 상대방 기분을 파악한 뒤 바람직한 태도와 자세를 설득에 포함하여 접촉을 시도한다. "사람을 보고 법을 설한다"는 금언에 따라 비즈니스에 임하는 것이 효과적인 자세이다. 한편, "봉사를 주로 하는 사업은 번영하고, 이득을 주로 하는 사업은 쇠퇴한다"는 미국 자동차 왕 헨리 포드Henry Ford 의 말은 음미할 가치가 있는 명언이다. 이 말은 한 번의 세일로 모든 비즈니스의 승부를 걸어버리는 세속적인 세일즈맨에게는 더더욱 가치 있는 경구가 될 것이다. 상 도의와 상 도덕은 신용을 바탕으로 하는 것인데 신용을 상실하면 상 도의와 상 도덕을 어디에서 찾겠는가?

'신용'이라는 두 글자로 기업을 크게 일으킨 비즈니스맨이 우리나라에도 많은 것으로 안다. 신용은 봉사와 통한다. 고객에 대한 봉사에 성실을 다하는 일이 신용이라면 봉사야 말로 사업을 번영으로 이끄는 미래 지향의 탄탄대로라고 생각한다. 포드가 한 경영자의 실감이 담긴 앞의 말에서 '사업'이란 용어를 '세일'로 바꿔 놓아도 이 명언은 참된 것이다. 현대 세일의 근본적인 통념은 '고객 제일 주의'즉 소비자를 첫째로 보자는 견해이다. 이것은 손님의 이익을 최우선으로 고려하라는 뜻으로 이해된다. 자기 이익도 중요한 것이지만 고객의 이익을 우선 고려하는 것, 이것이 현대 세일의 기본적인 패턴이다.

세일즈맨에게 화법은 필수 요건이다. 확실히 세일즈맨의 실적을 좌우하는 것이 화법임에 틀림 없다. 그러나 그 화법이 중요하다는 것이지 화법만이 능사라는 뜻은 물론 아니다. 상품의 효용效用을 납득시킨다 하여도 상대방의 이해가 수반되어야 한다. 상대방의 이해는 세일즈맨의 설명에 의존한다. 이것은 매우 다행한 일이다. 그러나 상품을 사는 쪽은 고객이다. 고객이 지금 어떤 점을 알고자 하는가? 고객이 필요로 하는 것, 또 요구하는 것은 무엇인가? 실은 이 같은 문제를 먼저 파악하고 있지 않으면 상대를 납득시킬 수 있는 바람직한 화법의 전개를 꾀할 수 없다. 그러므로 단순히 일방적으로 말 잘하는 세일즈맨보다 고객의 말을 정성껏 들어주면서 동시에 말 잘하는 세일즈맨이, 환언하면 고객의 처지를 치밀하게 분석 검토하고 고객의 처지에서 말할 수 있는 능력을 갖춘 세일즈맨이 가장 모범적인 세일즈맨일 것이다.

이 책에서는 앞의 모든 여건을 전제로 즉각 세일 실무에 적용할 수 있도록 세일 화법과 비즈니스 화법의 원리 및 실제를 기술해 놓았다. 또한 인간관계의 바탕을 이루는 효율적 대화 기법을 모색하고 있다는 측면에서 세일과 비즈니스 이외의 분야 특히 선의의 인간관계 구축을 희망하는 여러 방면의 독자들에게도 이 책이 많은 관심과 흥미를 끌것으로 믿는다.

『귀담아듣는 언어생활』 민지사, 2005.4

사람의 인격은 말로 평가받는다. 귀담아듣기는 말하기와 함께 언어 행위의 양면이다. D. 카네기는 호감을 사는 인간관계에 귀담아듣기를 포함하고, S. 코비도 『성공한 사람들의 7가지 습관』에 이를 포함하였다. 메시지 수용은 읽기보다 듣는 것이 더 빠르다. 듣기가 현재의 '속도화 시대'에 걸 맞는 중요한 언어 기능임에 틀림없다.

국가가 중대한 상황에 직면할 때, 대통령은 방송 매체를 통하여 메시지를 발표한다. 이때 온 국민이 그의 방송에 귀를 기울인다. 비즈니스 세계에서 문제를 시급히 해결해야 할 때 일일이 손 대야 하는 서류와 문건 대신 쉽게 전화를 이용하는 경우가 많다. 각급 학교 학생이 학교에서 학습하는 것은 대개 교사 및 교수의 수업을 일방적으로 듣는 일이다. 그리고 국내외적으로 중요한 의안은 모두 회의 석상에서 결정된다. 회의 진행 중에 한 사람이 발언하면 나머지 참석자들은 그것을 경청하게 된다. 글로 적어 주기보다 말로 하는 편이 훨씬 설득력이 있다. 이유는 청자가 독자보다 감수성이 예민하다는 데 있다. 의류, 식음료, 의약품, 생활 집기 류, 자동차, 아파트, 주택, 선거 시 투표권 행사, 우리의 신념과 신조 등은 듣기에 의하여 영향을 받는다.

우수한 세일즈맨은 글로 적은 광고 물에 의존하지 않는다. 가능한 대로 듣지만 말로 설명하고 설득할 뿐이다. 선전 및 광고 전문가들은 정보가 입소문으로 퍼질 때 가장 큰 효과를 발휘한다고 확신하고 있다. 전자를 이용한 현대의 매스 미디어가 사업상 괄목할 만큼 성공을 거둔 것은 음성 언어의 강력한 침투력 때문이다.

커뮤니케이션의 관점에서 현재의 교과 과정을 살펴보면 오로지 읽기와 쓰기가 중시되고 화법에 약간 관심이 돌려질 뿐 듣기에 전혀 관심을 보이지 않는 실정이다. 학교에서 눈을 중시하되 귀를 경시하여 조금 무리하면 귀의 기능이 급속도로 저하된다. 한 조사에 따르면, 사람은 평균 25% 밖에 착실하게 듣지 않는다. 입을 통한 정보 제공이 전체 커뮤니케이션의 상당 부분을 차지하는 오늘날 이 같은 상황은 하루 속히 불식되어야 한다. 이 현실을 모두 직시할 필요가 있다. 귀담아듣기도 엄연히 한 가지 언어 생활이다. 읽기 쓰기 말하기와 함께 듣기도 교육 및 훈련을 통하여 얼마든지 개선 향상시킬 수 있다.

이 책은 독자에게 듣기의 중요성을 이해시키고 매사 귀담아듣는 결정적인 방법을 제시하는 데 목적을 두고 있다. 세간에서 흔히 "소리 없는 소리를 들어라", "듣기를 잘하는 사람이 말을 잘한다"고 이야기한다. 그러나 실제 문제로 남이 하는 말을 우리는 어느 정도나 착실히 듣고 있을까. 귀담아듣기가 얼마나 많은 이익을 가져오는 지 또 사회 생활 중에 멋진 장면을 얼마나 연출하는지 이를 잘 모르고 지내는 것이 우리의 현실이다. 하루 생활 중에 우리는 거의 45%를 듣기에, 30%를 말하기에, 16%를 읽기에, 9%를 쓰기에, 시간을 소비한다. 그럼에도 불구하고 말하기, 읽기, 쓰기에 치중하고, 듣기를 등한히 하는 것은 무엇 때문인가?

우리는 먼저 듣기를 잘하여야 하는 당위성을 인식한 다음 어떻게 하여야 듣기 능수가 될 수 있을지 이론적 토대를 쌓으며 구체적 방법을 모색할 필요가 있다. 청자의 듣기에 따라 화자가 바뀌고 또 청자가 듣기 능수라야 가치 있는 정보를 많이 입수하게 된다. 눈으로 읽은 정보보다 귀로 들은 정보가 더 신뢰를 받는다. 사람은 마음에 들면 듣지만 마음에 들지 않으면 이야기를 듣지 않는다.

창의력이나 팀워크의 능력 개발도 모두 듣기 능력에 의하여 좌우된다. 가령, 아무리 독창력 있는 사람도 하나에서 열까지 스스로 생각하여 내는 것은 아니다. 남이 한 이야기에서 힌트를 얻어 새 아이디어를 싹 틔우고 연쇄적으로 남의 그 것과 조합할 때 놀라운 아이디어가 창출되는 것이다. 상대가 격의 없이 말할 수 있게 대화 분위기를 만드는 사람이면 많은 아이디어를 상대로부터 끌어낼 수 있고 창의적 활동을 하는 데도 더 없이 유리할 것이다.

사람이 듣기를 잘 하면 일상생활에서 생기는 속태우기와 스트레스도 크게 감소되고 좀더 행복해지지 않을 까. 이 같은 의미에서 저자는 본서를 경영 및 노조 간부, 세일즈맨, 비즈니스맨, 교사 및 교수, 학생, 상담원, 병원 의사 및 간호사, 가정 주부, 각급 공직자, 백화점 점원, 은행 창구 직원, 남녀 연인, 언론인, 방송 종사자, 군인, 정치인, 법조인, 외교관, 경제계 인사, 종교계 지도자들에게 일독을 권한다.

국어 교육 전공의 저자가 '스피치 커뮤니케이션'에 관심을 돌린 지 올해로 꼭 50년이 된다. 스피치는 말하기와 듣기를 통틀어 연구하는 학문의 세계이다. 저자가 국제 스피치 학회에 정식 학회원으로 가입한 때는 1962년이다. 그리고 같은 해「유럽 스피치 교육사 연구」로 석사, 이어서 「한국 근대 토론사 연구」로 박사 학위를 받았다. 1962년, 을유문화사에서 번역서『화술의 지식』을 펴내고 1964년 문학사에서『스피치 개론』, 1967년, 교육 출판사에서『화법 원리』를 차례로 펴냈다.

우리나라에 '스피치'를 처음 소개하면서 저자는 학술 용어를 '화술'에서 '화법'으로 바꿔 놓았다.

대학 교재 『국어화법』을 1984년 한국 방송 통신대 출판부에서, 고등학교 '화법'을 1996년 교학사에서 각각 출판하여 제도권 화법 교육의 텍스트를 마련하였다.

저자가 주축이 되어 '한국 화법 학회'를 창립 발족하여 학계에 화법 연구의 새 지평을 열었다. 2004년 학술원에서 저자의 『화법 개설』역락이 한국학 분야 우수학술도서로 선정되고, 이보다 조금 앞서 1999년, 학술 논문집 『신 국어화법론』태학사과 2002년, 『표준 한국어 발음 사전』민지사이 각각 문화관광부 우수학술도서로 선정되어 저자에게 더 없는 보람을 안겨주었다.

『귀담아듣는 언어 생활』이 일상 화법에서 중요한 위치를 차지함은 더 말할 나위가 없다. 말하기는 듣기를 듣기는 말하기를 전제로 하기 때문이다. 말하기와 듣기는 한 가지 의사소통의 양면이다. 누구나 귀담아듣기로 커뮤니케이션의 기능을 강화할 필요가 있다. 개인만 아니라 조직 사회에도 이 기능이 절대적으로 필요하다. 커뮤니케이션이 원만하여야 인간관계가 원만하고 인간관계가 원만하여야 팀워크가 원만할 수 있을 것이다. 『귀담아듣는 언어 생활』은 다섯 가지 메리트가 있는데 첫째, 좋은 인간관계로 친교와 사교 범위를 크게 넓히고 팀 워크에 기여하게 된다. 둘째, 뉴스, 정보, 아이디어, 상식, 지식, 지혜 등의 폭 넓은 수용이 가능하다. 셋째, 비판적 안목이 생겨 일상의 토론에서 이니셔티브를 장악하게 된다. 넷째, 좋은 화법을 익히고 좋은 화자가 될 수 있는 토대 구축이 가능하다. 다섯째, 리더십 확보와 상담 능력 향상에 도움이 된다.

　우리 국어 교육이 문장 편중에서 벗어나 화법과 균형을 맞출 때 비로소 명실 상부한 목표 달성이 가능할 것이다. 모름지기 국어 교육은 화법과 작문에 중심을 두어야 실질적 효과를 기대하게 된다. 본서를 저술함에 있어 앨런 몬로Alan H. Mone, 도로시 멀그레이브Dorothy Mulgrave, 랠프 니콜스Ralph Nicols의 저서에서 많은 아이디어와 아이템이 참고되었음을 밝히고 그 분들의 연구 업적에 경의를 표한다.

『표준 한국어 발음사전』

최신증보5판, 민지사, 2007.3(2002년도 문화관광부 선정 우수학술도서)

　방송을 시청한 뒤 방송인의 어문 문제 한 두 가지는 누구나 쉽게 지적하지만 이에 대하여 전체적으로 완벽하게 해명할 수 있는 전문가가 의외로 드물다. 언어는 항상 변하는 속성을 지니기 때문이다.

　2001년, 민지 사 판, 표준 한국어 발음사전 출간 이후 외래 어 표기와 그 실제 발음에 괴리乖離 현상이 보여 이를 현실에 맞게 바로잡아 추가하는 한편, 일부 방송인이 표기와 발음의 차이를 인식하지 못하고 표기대로 발음하는 극히 자연스럽지 못한 현상이 발견되어 이를 정확히 반영하였다. 한편, 사용 빈도가 떨어지는 일부 표제어標題語를 빼고 대신 신어 천 여 개 항목을 보충하여 최신 증보 판을 짰다. 한글은 로마자와 함께 소리 글이지만 소리나는 것을 소리나는 대로 옮겨 적기는 그렇게 용이한 일이 아니다. 소리는 구체적이고 다양하나 글자는 본래 추상적이고 개념적이기 때문이다.

국제 음성 기호가 창안創案된 배경도 실은 여기에 있다고 본다. 그러나 음성 기호라고 하여 말 소리를 그대로 정확하게 옮겨 적기는 매우 힘들다. 이처럼 실제 음성을 문자 내지 기호로 표기하는데 한계가 있음을 인식하지 않을 수 없다. 한글은 말 소리를 비교적 그대로 옮겨 적지만 모든 말소리를 다 그대로 옮겨 적지 못한다. 그러므로 만약 표기대로 읽는다면 아무래도 무리가 따른다. 따라서 발음 문제를 다룰 때, 기본적으로 발음이 표기와 궤도를 달리 한다는 점에 주목할 필요가 있다, 표준 발음법이 제정 공표된 이유가 바로 여기에 있기도 하다. 일반 국어 사전이 의미와 그 용례用例를 소상히 밝힌 반면 발음 표기는 필요한 경우로 국한하고 있다.

따라서 별도로 국어 발음사전을 편찬하여 독자의 요구에 부응副應하게 되는 것이다. 이 사전은 발음상 문제 있는 핵심 표제어만 뽑아 발음 실현을 정확하게 표시하는데 정성을 기울였다. 발음 사전 편찬에 착수한 지 45년만에 개정 증보 5판을 내게 되니 저자로서 자못 감회가 새롭다. 강호 제현의 기탄 없는 질정叱正을 기대한다.

『표준 한국어 발음 소사전』 개정보급판, 민지사, 2007.10.9

기록記錄 언어와 음성 언어는 특성에 있어 동일하지가 않다. 1992년 집문 당에서 낸 표준 한국어 발음사전에 한자음 표기상 약간의 오류가 있어 이를 새롭게 바로잡고, 외래어 표기와 발음에 괴리乖離 현상이 있어 이를 현실에 맞게 바로잡았다. 그리고 일부 방송인이 표기와 발음의 차이를 인식하지 못한 채 표기대로 발음하는 자연스럽지 않은 현상이 있어 사전에 반영하였다. 1988년 공표된 표준어 및 표준 발음 규정을 염두에 두고 발음 사정의 기본 원칙인 현실성, 전통성, 합리성 등에 입각하여 발음 표기에 신중을 기하였다.

한글은 알파벳과 함께 소리 글이지만 소리 나는 말을 그대로 옮겨 적기가 용이한 일이 아니다. 말소리는 구체적이고 다양하나 글자는 본래 추상적이고 개략적이기 때문이다. 국제 음성 기호가 창안된 배경도 실은 여기에 있다고 본다. 그러나 음성 기호라 하여 말 소리를 정확하게 옮겨 적지 못한다. 실제 말소리를 글자 내지 기호로 표기하는 데 한계성이 있음을 드러내는 것이다. 따라서 발음 현상을 논의할 때 발음이 표기와 궤도를 달리한다는 점에 주목할 필요가 있다. 그러므로 표기는 한글 맞춤법이, 발음은 표준 발음법이 우리 언어 생활을 규제하게 된다.

한편, 언어는 시간의 흐름에 따라 부단히 변화하는 속성이 있음을 간과할 수 없다. 이때 발음이 우선 바뀌고 표기가 뒤를 따라 바뀌게 마련이다. 일반 국어 사전이 의미와 용례 기술에 중점을 두는 까닭에 발음에 비중을 두는 별도의 국어 발음사전을 편찬하여 독자의 요구에 부응하게 된다. 이 사전은 발음상 문제 있는 핵심 표제어만 뽑아 발음 실현을 정확히 표기한 것이므로 발음 문제에 일상으로 고심하는 방송 종사자와 국어과 교사, 종교계 및 정계 지도자들에게 필수적인 사전이 될 것이다.

『회의를 잘하는 법』 민지사, 2010.3

　오늘날 뮤지컬 쇼가 무대의 종합 예술인 것처럼 회의법은 토털 스피치이다. 대화 연설 토의 토론이 포함되고 보고 설명, 설득, 유머가 회의법에 기능하기 때문이다.

　해가 뜨고 해가 져도 회의 없는 날이 없다. 회의로 인하여 우리가 얼마나 많은 시간을 보내는 지 조용히 생각해 본 적이 있는가? 회의에 사용하는 시간과 회의에 소모하는 정력과 경비가 엄청난 것임에도 불구하고 번번이 회의 성과가 오르지 않는다는 데는 심각한 의문이 남는다. 형식 위주의 회의가 있고 비능률적 회의가 많아 조직 경영에 많은 손해를 입히고 있는 것이 오늘의 실정이다. 따라서 세간에 회의 무용론을 말하는 사람이 있고 심지어 회의 무익론을 말하는 사람조차 없지 않다. 현재 우리는 '회의 시대'를 살고 있다.

　일상생활을 둘러보면 직장 회의, 기업 회의, 단체 회의, 주민 회의 등이 있고 따로 가족 회의도 있다. 회의 경험은 헤아리기 어려울 정도로 많다. 그런데 관심 없는 회의 보람없는 회의가 대부분이고 멋진 생산적 회의는 좀처럼 찾아보기 어렵다. 그 이유는 무엇일까? 회의 주최자도 참가자도 회의 진행 방법을 잘 모르고 동시에 준비가 불충분한데 있지 않을까? 회의 빈도가 잦고 규모가 커지는 현상으로 보아도 조직이 맡겨진 과업을 수행하여 나갈 때 회의를 부정하기는 거의 불가능하다. 여기서 파생하는 문제가 어떻게 해야 회의가 생산성을 높일 수 있을까 하는 점이다. 간부이든 신인이든 직장에서 회의에 참가하지 않는 사람이 없다.

참가자 누구라도 회의를 효율적으로 전개해 나가는 방법을 몸과 마음에 익힐 수 있다면 회의는 기업 경영에서 가장 유용한 방법이 될 것이다. 능률 향상 시책의 일환으로 관리의 필요성이 강조되고 있는데 회의 능률의 향상도 이 사고 방식이 적용된다. 어차피 회의를 연다면 주최자도 만족하고 참가자도 유익한 회의가 되어야 할 것이다.

국어 교육에서 회의 지도 목표는 회의로 신장되는 능력과 기능 발달에 중점을 두는 것이다.

- 상대 의견을 정확히 수용할 수 있다.
- 논점이 불확실한 의견에 즉각 질문을 던질 수 있다.
- 남과 협력하여 공통 이해 및 공통 결론을 끌어낼 수 있다.
- 예의와 호의를 전제로 반대 의견을 말할 수 있고 반대 의견을 들을 수 있다.
- 요점 중심의 자기 주장을 다수 청중 앞에서 정확하게 발표할 수 있다.

만약 우리가 회의 출석을 요구받았을 때, 회의를 소집해야 할 때, 리더의 역할을 맡았을 때, 우리에게 즉각 도움을 줄 수 있는 것이 바로 이 책이다. 회의시대를 살면서 회의 및 회의법에 대한 모든 내용을 마스터하는 일은 인생 성공으로 향하는 지름길에 접어든 것이다. 사실 성공한 사람은 회의를 잘한다. 이 책이 회의에 자신을 가지게 하고, 회의에 이니셔티브를 쥐게 하는 데 큰 도움을 주리라 확신한다. 회의를 나누면 '일상적 회의'와 '의사 법 회의'가 있다. 우리나라 의사 법 회의 효시는 '협성회'와 '독립협회'에서 찾을 수 있다. 지도자는 서재필과 윤치호이다. 서재필은 협성회와 독립협회 조직에 중추적 역할을 했고, 윤치호는 H. 로버트의 '의회 규칙 편람'을 초역한 '의회 통용규칙'을 1898년, 반포 보급한 공로가 있다. 1896년, '협성회 규칙'과 1897년, '독립협회 토론회 규칙'이 각각 이 영향을 받았다.

『소크라테스의 스피치 철학』(상) 고르기아스, 전영우 역, 민지사, 2011.9

"학문의 출발은 역사적 연구요, 학문의 종결은 철학적 연구일 것이다"라는 일념으로 화법론스피치 커뮤니케이션연구를 전공 분야로 선택한 역자는 「스피치 교육의 사적 진전 소고」로 석사, 「한국 근대토론의 사적史的 연구」로 박사 학위를 취득하고, 『아리스토텔레스의 레토릭』을 2009년, 그리고 이번에 플라톤의 다이얼로그 『고르기아스』, 『프로타고라스』, 『파이드로스』를 출간하기에 이르렀다.

1차로 옮겨진 영문판 및 일문판을 기초로 비교 대조해 가며 중역重譯을 마쳤다. 번역을 제2의 창작이라 한다지만 참으로 어려운 작업을 바야흐로 마무리하니 보람과 함께 허허러움이 밀려든다. 어구 및 문맥적 번역에 매이다 보면 내용 번역에 불충실할 경우가 많아 어구, 문맥과 함께 내용 번역에 균형을 잡고 작업을 이어갔으나 역시 그리스, 미국, 일본, 한국의 각각 다른 역사적 문화 배경에 대한 깊은 이해 없이 아무리 노력한다 해도 역자譯者의 힘이 구석구석 못 미칠 때가 많았다.

플라톤Platon, 기원전 427~347은 그리스 철학자요, 소크라테스에게 사사하고 결정적 영향을 받은 것으로 알려진다. 아카데미아를 창립하여 철학 연구 및 교육에 전념하였고, 아리스토텔레스 등의 제자를 키웠다.『소크라테스의 변명』,『향연』,『국가』,『법률』등 그의 많은 저작은 거의 대화편이다. 그는 철학자가 통치하는 국가를 이상으로 생각하였다. 그의 대화편 중에서『고르기아스』,『프로타고라스』,『파이드로스』를 우리말로 옮겼다.『고르기아스』는 부제가「레토릭」이고,『프로타고라스』는 부제가「소피스트들」이다.

영문판은 Benjamin Jowell이 옮겨 Barnes and noble Classics^{New York, 2005}에서 낸 텍스트와 일문판은 가쿠 아키도시^{加來彰俊}가 옮겨 이와나미에서 2009년에 낸『고르기아스』및 후지사와 노리오^{藤沢令夫}가 옮겨 이와나미에서 2009년에 낸『파이드로스』,『프로타고라스』를 기초로 하여 이중으로 번역하였다.

석가모니^{기원전 560?~480?}가 한 말을 기록한 불교 경전은 지은이가 여시아문^{如是我聞}, 내가 들은 내용은 이와 같은 것이라 하였고, 공자^{기원전 552~479}가 한 말을 기록한 유교 경전은 자왈, 공자가 말하기를 하고, 제자 또는 후세 사람이 그의 언행을 기록하였다.

플라톤의『다이얼로구』를 번역함에 있어 당시 대화 참여자 양측은 나이, 경험, 경륜, 지혜 등 개인 차가 고려되어야 하므로 우리말 경어법^{敬語法}을 적용할 때 많이 망설였으나 누구를 막론하고 일률적으로 '하오체'를 썼다. 물론 이제 하오체는 현대 우리말 구어체^{口語體}에서 거의 사용하지 않지만 바로 이 책이 유럽의 고전인 만큼 대화 양측을 예사로 높이는 수준을 역자는 염두에 두었다.

문장 부호 사용은 반점, 온점, 물음표, 작은 따옴표, 큰 따옴표, 소괄호 등에 국한하고, 여기 특기 사항은 반점을 비교적 많이 썼다는 점이다. 이것은 독자가 내용 파악을 쉽게 하기 바라는 역자 의도임을 밝히고, 미국, 일본의 1차 번역 자의 영향이 컸음을 분명히 밝힘과 동시에 그들에게 고마운 뜻을 표한다. 민지사 이태승 사장의 호의에 새삼 경의를 표한다.

『프로타고라스, 파이드로스, 소크라테스의 스피치 철학』(하)
전영우 역, 민지사, 2012.4

그리스의 유수한 철학자들은 변론가들이 모든 소송을 승소로 이끌어 내느라고 부도덕한 방법을 이용한다는 이유로 스피치 교육 내지 수사학 교육을 반대하였다. 플라톤도 당시의 수사학이 지닌 기만성과 천박한 지식에 수반되는 결함 등을 신랄하게 지적하였다. 플라톤은 그의 저서 『고르기아스』와 『프로타고라스』 그리고 『파이드로스』 등을 통하여 수사학에 대한 비판적 견해를 밝혀 언어 기교가 사회생활상 절대적인 수단이라고 소피스트 학파가 주장한데 반하여, 그는 화법 교육을 바람직한 방향으로 이끌어 나가려면 도덕적 측면을 외면할 수 없다고 언어 표현에 수반하는 윤리 도덕을 크게 강조하였다.

기원전 5세기경, 스피치 효과를 인식하고 이를 옹호한 공헌자가 있는데 이들이 바로 프로타고라스, 고르기아스, 이소크라테스 등이다. 프로타고라스는 토론의 비조鼻祖로 일컬어 온다. 그는 또 최초로 소피스트로 불렸으며 동시에 보수를 받고 스피치를 가르친 최초의 인사로 기록된다. 따라서 플라톤의 대화편 『고르기아스』를 『소크라테스의 스피치 철학』(상), 레토릭 비판으로 하고 『프로타고라스』와 『파이드로스』를 합본하여 '소크라테스의 스피치 철학(하), '소피스트 비판'으로 번역자가 개제改題하였다.

2011년 8월, 번역자 전영우 기록

『스피치 교육 – 변론법 수업』 퀸틸리아누스, 전영우 역, 민지사, 2014.12

2014년. 우리는 의사소통의 중요성을 강조하고 있지만 UN은 이미 1983년을 '커뮤니케이션의 해'로 선포한 적이 있다. 화법이 국제 사회의 한 가지 중요한 문화적 가치 척도임을 새삼 확인하게 된다. 아트, 사이언스, 패돌로지pathology로 연구 영역이 세분되나 스피치는 대체로 언어생활을 망라하는 범위 내에서 연구하는 학문이다. 수사학, 논리학, 언어학, 심리학, 사회학, 교육학, 국어학, 음성학, 의미론 semantics 등이 보조 학문이다. 국어학에서 스피치를 응용應用 국어학으로 분류하는 경우가 있다. 고대는 이집트, 그리스, 로마에서 현대는 영국과 미국에서 이 방면의 연구가 고조되고 있다. 데모스데네스기원전 384~322, 키케로기원전 106~43, 처칠1874~1965, 케네디1917~1963 등은 역사상 능변能辯으로 손꼽히는 인물인데 데모스데네스는 웅변, 키케로는 화법, 처칠은 정치 연설, 케네디는 정치 토론으로 세계 스피치 문화에 각각 기여한 것으로 볼 수 있다.

학과에 따라 우리나라 대학 및 대학원이 이미 스피치를 전공 또는 교양 과목으로 확정한 사실은 매우 고무적 현상이다. 연설의 의미를 가진 스피치가 이렇듯 넓은 의미로 학문을 지칭한다. 역자는 연구 초기에 용어를 한 때 '화술'로 옮겨 썼지만 곧 '화법'이라 바꾸었다. 그리고 「스피치 교육의 사적史的 진전 소고」와 「근대 국어 토론에 관한 사적史的 연구」로 석사와 박사 논문을 썼다. 어느 분야이든 학문의 출발은 역사적 연구요, 학문의 종결은 철학적 연구라 할 때, '국어 화법' 또한 철학적 연구를 소홀히 할 수 없다. 따라서 역자는 그리스와 로마의 스피치 원전 번역에 순차로 집중하게 되었다. 아리스토텔레스의 『레토릭』을 2009년, 플라톤의 『프로타고라스』와 『파이드로스』를 2012년, 그리고 로마로 옮겨 가서 키케로의 『연설가에 대하여』를 2013년 번역 출판한 뒤, 이번 퀸틸리아누스의 『변론가의 교육』을 번역, 『스피치 교육』, 부제로 「변론辯論법 수업」으로 출간한다. 『변론가의 교육』이란 원제목이 붙은 영문판 *Loeb Classical Library* 가운데 2001년, Donald A. Russell 번역집으로 나온 원서를 기초로 2005년 일문판 교토京都대 학술출판회 모리타니 우이치森谷宇一 번역으로 나온 책을 참고로 했음을 밝힌다. 아울러 최근에 와서 조사 연구로 스피치 스터디에 시종하는 일부 학자들에게 이 책이 원전의 문헌 연구에 도움되기를 바란다. 한편, 역자는 온고이지신溫故而知新의 의미를 차분히 되씹어 본다.

『바른 예절 좋은 화법 — 착한 인성의 품격』 민지사, 2015.8

지은이는 글로벌시대 예절 텍스트의 원류를 유교 경전의 『예기禮
記』에서 찾고 에티켓 매너의 텍스트를 엘리너 루스벨트의 『에티켓 상
식』에서 찾아 예절의 동서 융합을 시도하였다. "인간은 사회적 동물"
이라고 굳이 말하지 않더라도 사회 생활을 원만히 영위하기 위하여
우리에게 형식적 규범이 필요하고 또 이 규범은 마땅히 존중될 가치
가 충분히 있다고 생각한다.

인간으로서 모든 행위의 근본으로 삼아야 할 에티켓 기준은 '친절'
에 앞설 것이 없다. 이 원칙이 지켜지면 인간관계에서 결코 잘못을
저지르는 일은 없을 것이다. 그러므로 형식적 규범에 따르면 불친절
이 된다고 판단할 때, 차라리 형식적 규범을 버리고 대신 남에게 친
절 베푸는 실질을 택하면 좋을 것이다. 세계 인류를 한 가족으로 보
고 어깨를 겨루며 경쟁하되, 인류 보편적 복지 증진을 위한 인류 공
동 노력이 점점 속도와 열기를 더해 가는 추세이다. 유엔을 비롯한
각종 국제적 협의 기구에서 환경, 인구, 식량, 재해, 인권, 생명, 분쟁,
평화 등 주제를 놓고, 각국 대표가 머리를 맞댄 채, 매일 의사 조정과
해결에 영일이 없다. 글로벌 에티켓은 그 정신적 원류를 캐면 인간
개개인이 품위와 자존심을 높이고자 하는 변함없는 현장 적응을 실
효성 있게 하기 위한 노력의 일환이다.

동시에 에티켓은 바로 남에 대한 친절과 배려로 뒷받침되지 않으
면 안된다. 여기서 출발하여 가정 예절, 공동체 사회 인간관계, 직장
예절, 나아가 여러 장면의 의사소통에 관하여 알아야 할 사항이 매우

많다. 이같은 내용을 이 책에 담았다.

예절 규칙은 대부분 친절, 도덕, 법률이 잘 조화된 결정체라 할 수 있다. 우리에게 관습적 예절에 유념하는 마음가짐이 있다면 비록 내성적 성격도 남을 만나든가 남과 교류할 때 자신과 안정과 여유있는 자세로 바꿔갈 수 있다. 예절이 자연스럽게 몸에 배면 우리가 생활상 난관에 봉착해도 그것이 훌륭한 해소 방편의 구실을 다할 것이다.

엄격한 관습적 예절을 일부 젊은이가 무시하거나 외면하는 경우가 있으나 익혀진 사교 예절에 의지하면 우리는 당면한 장면과 정황에 순응하기 쉽고 얻는 바 또한 많을 것이라 생각한다. 이 책의 구성은 주로 엘리너 루스벨트Eleanor Roosevelt의 『에티켓 상식』 중에서 현재 우리가 필요로 하는 부분을 발췌 번역 편찬한 내용이지만 이미 있어온 우리 예의범절과 에티켓의 대강을 기초 개념으로 정리한 번역과 편찬의 성격을 띤다. 따라서 일부 장절에서 '나'가 바로 루스벨트 여사일 경우가 있다. 글로벌시대를 사는 우리에게 이 책이 예절 정립에 좋은 길잡이가 되기를 지은이는 바랄 뿐이다. 이 책의 1, 2장은 1987년, 지은이가 '기린원'에서 펴낸 '레이디 플라자 8집'에 수록된 내용의 일부를 옮겨 적었음을 밝혀둔다.

『전영우 이야기 – 화법에 대하여』 소명출판, 2017

저자 나이 올해 83세, 돌이켜보면 20세 때, KBS 아나운서로 사회에 첫 발을 내딛고, 30년 아나운서 생활을 마감하였다. 그 후 뜻한대로 대학 교수직을 선택, 30년 교수 생활도 이제 마무리 단계이다. 남처럼 저자 감회 역시 뿌듯하게 밀려온다. 이에 123가지 토막 이야기를 가지고 회고담을 엮어 세상에 내 놓게 되니 아무래도 부끄러움이 앞선다. 어떻든 늦게 대학 교수로 새 직업을 가진 탓에 남과 차별되는 분야를 찾는 일이 시급하였다. 대학 전공 '국어 교육'에서 일찍 탐색을 거듭하여 말하기, 듣기의 화법話法을 선택, 연구 분야를 결정하게 되었다. 이미 대학원 석사 및 박사과정에서 수학했으므로, 화법을 대학 강단에서 정식 수업授業하기로 계획을 잡았다. 1983학년도, 수원대水原大 국어국문학과 '국어화법론'을 전공 과목으로 학생의 수강 신청을 받아보니 의외로 다수 학생이 수강을 신청해왔다. 기억이 분명하지만, 대학원에 진학할 때의 계획은 장차 대학 교수직을 기대하고 있었으므로 여기 대비 남들이 안 하는 분야인 '스피치'로 관심을 쏟았다. 그리고 겸하여 방송 아나운서 경험이 화법 연구의 실제 기초가 될 수 있다는 판단도 하게되었다. 한편, 학문의 출발은 역사적 연구요, 학문의 종결은 철학적 연구일 것이라고 추정推定하며, 석사 및 박사 논문을 모두 스피치의 역사적 연구로 매듭지었다. 그리고 고대 그리스와 고대 로마의 스피치 관련 철학서를 우리말로 옮기고 나니 이제는 산을 내려오는 등산인처럼 기분이 매우 삽상颯爽하다.

일단 스피치를 『우리말 화법』으로 옮기고, 고등학교 『화법』교학사, 1996 교재와 대학교재 『화법 개설』역락, 2003을 출간했다. 한편, 학술논문집의 필요성을 깨닫고 난 후에는 『신 국어화법론』태학사, 1998을 저술하여 국어교육계에 내놓았다.

다행히 『화법개설』은 학술원 추천 우수학술도서로, 『신 국어화법론』은 문화부 추천 우수학술도서로 각각 선정되었다.

또한, 방송 및 대학 경험의 융합融合이 실제 이루어져 우리나라에서 처음 저자가 『표준 한국어 발음 사전』민지 사, 2001을 편찬 발간하자, 이 사전 역시 문화부 추천 우수학술도서의 영예를 안았다. 매우 기쁘다. 최근 인터넷 검색을 통하여 찾아보니 하버드 대학 도서관 서고에 저자의 저서 『표준 한국어 발음 사전』과 학술 논문집 『신 국어화법론』등 모두 6권의 저서가 수장되어 있음을 알게 되어 더욱 기쁘다.

이 책은 저자 생애를 돌아보는 회상기回想記의 성격을 띤다. 이 방면 동학 또는 후학들에게 무엇인가 시사하는 바 있다고 하면 저자로서 큰 수확이 될 것이다. 80여 평생 살아오면서 저자는 동서東西 고금古今 많은 학자, 교육자, 철인, 시인, 작가 및 저술가 들의 가르침을 크게 받았다. 그리고 직접 저자를 가르쳐 주신 초, 중, 고등학교 은사와 대학 대학원 은사님들께 고마운 뜻을 표한다. 초등학교 시절 일인 교사 쓰치야 도오루土屋 亨 선생, 대학원 조윤제 박사, 정인섭 박사, 중앙대 임영신 전 총장, 문화공보부 오재경 전 장관, 동아일보사 전 회장 김상만 선생, 김상기 선생, 수원대 전 총장 이종욱 박사, 국어학계 최현배 박사, 이희승 박사, 이숭녕 박사, 김형규 박사, 이응백 박사, 허웅 박사, 남광우 박사와 이 책에서 언급된 모든 은인에게 뜨거운 감사의 뜻을 표한다.

『니코마코스 윤리학 – 바르게 사는 인간의 도리』

아리스토텔레스, 대원동서문화총서, 대원사, 2018

오늘 왜 윤리학인가?

저자는 서울대 사범대학에서 '국어 교육'을 전공하고, 1962년 성균관대 대학원 조윤제 박사 지도로 석사과정 수료 후 「스피치 교육의 사적 진전 소고」로 문학석사 학위를 받은 뒤, 중앙대 대학원 박사과정에 진학해 1967년, '우리말 화법'의 이론적 체계를 구축, 우리말 교육의 새 지평을 열고 과정을 마쳤다.

이때, 지도교수 정인섭 박사가 돌연 한국 외국어대 대학원장으로 자리를 옮겨 지도교수를 모시지 못하게 되어 차일피일하던 중 박사과정 입학 후 10년이 경과, 역자는 학위 논문 제출 자격을 상실하였다.

그 후, 1985년, 성신여대 대학원 남녀공학 박사과정에 재입학, '한글학회' 당시 대표 허웅^{許雄} 박사 및 배윤덕^{裵潤德} 박사 지도를 받고 1988년, 늦었지만 「근대 국어 토론에 관한 사적 연구'로 문학박사 학위를 취득했다. 토론^{討論}을 주제로 한 한국 첫 논문이다.

우리말 화법 연구에 몰두, 한 평생을 보내며 나름대로 『고등학교 화법』 교재와 대학교재 『국어화법』을 저술, 교육 현장에 처음 선보였다. 1962년, 저자가 『표준 한국어 발음 사전』 역시 처음 편찬^{編纂} 출간했다.

이 과정을 거치며 역자는 "학문의 시작은 역사적 연구요, 학문의 종결은 철학적 연구다"라고, 학문하는 지혜를 깨달았다.

2009년, 역자가 고대 그리스 철학자 아리스토텔레스의 『레토릭』

을 우리말로 옮긴 뒤, 그의 『니코마코스 윤리학』에 또 관심이 집중되어 번역에 착수하게 된 것이다.

돌이켜보면, 역자가 처음 『우리말 화법 교육』에 착안, 연구를 거듭한 끝에 우리 일상의 커뮤니케이션, 즉, '말하기 듣기 문제'가 언어학의 범위를 훨씬 뛰어넘어 인간관계와 예절은 물론 '윤리학'의 문제까지 확대되는 양상이 현실임을 깨닫게 된 것이다. 그리고 한편, '말하기, 듣기' 문제만 하더라도 입이 말하고 단순히 귀가 듣는 것이 아님도 알게 되었다. "화자話者는 그의 입이 말하는 것이 아니고, 입을 통해 그의 인격이 말하고 있음이다. 마찬가지로 청자聽者 또한 그의 귀가 듣는 것이 아니라, 귀를 통해 그의 인격이 듣고 있음이다." 이렇듯 역자는 말하기 듣기가 인격의 만남이요, 인격의 교류라고 보았다. 이때 우리 인격은 무엇으로 이루어지는가? 인격 형성을 위해 우리가 관심 기울여야 할 분야가 어떤 것인가? 역자는 그것이 바로 윤리학임을 인식하기에 이른 것이다. 더욱이 인간이 공동 사회 구성원의 일원임을 상기할 때, 사회 구성원의 책무가 무엇이며, 선善을 추구하는 우리 삶이 정의 사회를 구현하려면 정치인이 담당할 책임은 또한 무엇일까 하고, 관심의 초점을 맞추다 보니 아직도 여전히 아리스토텔레스의 『니코마코스 윤리학』이 우리 앞에 우뚝함을 알게 되었다.

이 책은 고대 그리스에서 처음 '윤리학'을 확립한 탁월한 저작이다. 또 이 책은 만인이 궁극의 목적으로 추구하는 '행복', 즉, 잘사는 일임을 전제하고 이처럼 애매한 개념을 정치精緻한 분석으로 설명한 것이 바로 이 저작 내용이다. 더불어 당시 도시 국가 시민을 대상으로 아리스토텔레스가 강론한 '윤리학'이지만 르네상스 이후 서양의 사상 학문 인격 형성에 중요한 영향을 미친 바 있다. 아리스토텔레스[기원전. 384~322] 저작을 그의 아들 니코마코스 등이 편집한 이 책은 23세기란 기나긴 세월을 견디어 낸 끝에 남겨진 서양 고전 가운데 '살아있는 고전'이다. 살아온 나이 85세인 역자가 인생을 새롭게 공부하는 자세로 이 책을 우리말로 옮겼다. 먼저 나온 핵케트[Hackett]판, 리브[Reeve]의 번역서와 이와나미[岩波]판, 다카다 사부로[高田三郎]의 번역서를 비교 대조하면서 어구의 뜻과 함께 문맥의 뜻을 살려 성심껏 옮겼으나 아무래도 이중 번역의 어려움을 감내하기 쉽지 않았다. 독자의 이해를 돕는 뜻에서 문장 부호는 물론 독자 편의를 위해 독점[讀点]을 많이 사용했음을 여기 밝힌다. 한편 부제목과 권장의 제목을 역자가 새로 붙여 독자 이해에 부응하고자 하였다. 부제목 「바르게 사는 인간의 도리」도 역자가 붙인 것이다.

『CHANGE – 환경을 뛰어 넘어 성공하는 힘』

로이 유진 데이비스[Roy Eugene Davis], 전영우 역, 대원사, 2019.8

당신 마음에 모든 것이 있다

자기의 참된 소망을 알고 그것을 절실하게 소원하면 당신은 꼭 그것을 성취할 수 있다. 우리가 사는 세계와 환경은 모두 우리 마음이 만드는 것이다. 당신은 당신의 세계를 맞춤 양복처럼 자기 몸에 맞게 새로 만들 수 있다. 당신이 자기 인생의 주인공으로서 진정 뛰어난 성공자가 되는 방법을 이 책은 분명하게 보여줄 것이다. 본서의 원저자 로이 유진 데이비스^{Roy Eugene Davis}는 18세 때 요가의 지도자 요가난다^{Yogananda}를 스승으로 해 심령^{心靈} 수행을 쌓고, 그 후, 심령 과학의 모든 광명^{光明} 사상을 배우며 항상 몸으로 수행해왔다. 1965년, 그는 이 방면의 대가로서 저술과 강연에 능력 있는 수완가의 활동을 계속하는 한편, 또, 라디오와 TV의 수많은 프로그램에 출연, 무수한 시청자에게 희망과 광명을 준 철학자요, 종교인이다. 본서는 그가 그의 철학을 우리 일상생활에 살려 인간의 운명 개선에, 사업 발전에, 또 모든 소망 실현에 응용하는 실제 방법을 우리가 알기 쉽게 설명한 것이다. 독자 여러분도 본서를 읽고 마음이 갖는 신비함을 자유 자재로 구사, 인생의 무한한 기쁨의 샘을 당신 것으로 만들기 바란다. 요가^{Yoga}는 인도 육바라밀^{六波羅蜜}, 여섯 가지 수행을 하는 철학의 하나이다. 요가 행^行은 오감의 작용을 누르고 정신을 한 가지 일에 통일하며 삼매경에 들게 하는 묵상^{默想}적 수행을 말한다. 현재 이 행법^{行法}을 이용한 건강 운동이 세계 각국에서 실시되고 있다. 요가 행자^{行者}를 달리 '요기'라 부른다. 이 책은 1964년, 로이 유진 데이비스가 *Secrets of Inner Power*란 제목으로 미국 뉴욕 프레드릭 펠 출판사에서 발간한 것이므로 꼭 50여년 전에 나온 것이다.

2018년 말경, 미국 거주 J. J. Lee 변호사를 통해 이 책의 원저자 로이 유진 데이비스와 접촉했다. 그리고 마침내 2019년 2월 4일, 원저자로부터 *Secrets of Inner Power* 번역 및 출판권을 직접 획득하게 되었다. 원저자 로이 유진 데이비스와 그의 대리인 카사린 로우에게 존경과 함께 감사의 뜻을 표한다. 그리고 이 사실을 여기 기록한다.

『스피치 아트 – 우리말 화법』 대원사, 2021

　저자는 아나운서 30년, 대학교수 30년을 통해 일생을 오로지 '스피치' 외길을 걸어왔다. 대학원 석사과정, 박사과정도 모두 스피치로 일관했다. 1962년, 국제 스피치 학회SAA에 정식으로 가입, 국제 학계 현황을 파악하고 미래가 밝을 뿐 아니라 스피치 연구가 저자에게 매우 적합한 학문의 길임을 확인했다. 1964년,『스피치 개론』을 출간하자 공전의 화제를 뿌렸다. '스피치' 전문서가 우리 서점가에 처음 선을 보였기 때문이다.

　예상하지 못한 일은『동아일보』문화란에 신간 서평으로 고대 영문과 여석기 교수의 글이 실리면서『스피치 개론』이 일파 만파 반향을 불러온 것이다. 중앙대 연극학과 이근삼 교수, 동국대 장한기 교수, 한양대 신문 방송학과 장용 교수가 출강을 요청해왔다. 그리고 경희대 신문방송학과 황기오 교수가 함께 학과 발전에 노력하자고 제의해와 강사로 출강했다. 그러나 가장 오래 출강한 곳은 드라마 센터 아카데미이다. 현재 이 학교가 서울예술대학교이다. 극작가 유치진 선생의 부름을 받고 연극 미디어인 '연기화법'을 담당하였다. 현재 이 학교가 서울예술대학교이다. 꼭 7년을 출강하였다. 동랑 유치진 선생은 후에 본인에게 동랑 연극상1968을 수여했다.

　한편, 명지대 유용근 설립 이사 추천을 받아 17년간 초빙 교수 자격으로 명지대 국어국문학과에 출강했다. 스피치 출강 요청은 끊임없이 이어졌다. 중앙공무원 교육원을 비롯해 사법연수원, 정당 중앙연수원 금융기관 보험기관 현대 그룹, 삼성그룹, LG 그룹, 한화 그룹,

동아제약 등 전국 각지 주요 기업과 단체에서 출강 요청이 쇄도하였다. 또한 서울교육대, 방송통신대, 서울대 사범대, 이대 교육대학원, 외대 통역대학원, 고려대 경영대학원, 한국언론연수원, 서울신학대학원 등 많은 대학에서도 그야말로 눈코 뜰새 없이 출강 요청을 받아 분주하게 스피치를 담당하였다.

현재 스피치가 우리 사회에 도입된 지 벌써 60년을 지나고 보니 이제 용어도 바뀌어야 한다고 판단 스피치를 새로 '화법'이라 옮겨 쓰고 있다. 전국 웅변 학원이 대부분 스피치 학원으로 이름을 바꾸었다. 저자는 서울대 사범대에서 국어교육을 전공하고, 경기고에서 국어과 교사로 근무하기도 했다. 그런데, 1960년대 중반만 하더라도 국어 시간에 거의 '국문'을 위주로 가르치고 '국어'는 사실상 등한시했다. 발음도 안 가르치고 화법도 안 가르쳤다. 저자는 이를 심각한 당면 문제로 인식하고 다른 나라 사정을 알아보니, 이미 중고교에서 '작문'과 '화법'을 핵심 과목으로 가르치고 '발음 교육'도 활발하게 다루는 실정을 알게 되었다. 문제 의식이 있어야 발전이 있을 것이란 추정 하에 교육 및 학술 정보를 입수, 국제학회에 정식 가입한 저간의 사정은 앞에 말한 바 있다. 일찍이 서울대 안병희 교수 초청으로 국립국어원 국어문화학교 강사로 나가 '국어화법'을 담당, 전국 중고등 국어 전담 교사는 물론, 일반 공무원을 대상으로 신명 나게 가르치던 일을 저자는 당분간 잊지 못할 것이다.

그 후, 안병희 교수 추천으로 1994년 한글날 '국어화법' 연구 공로를 인정받고 대통령 표창을 받고 이어 2017년, 한글날 같은 공로로 '문화포장'을 받았다. 저자가 스피치를 '화법'이라 용어를 바꾸고『화법원리』의 신간을 출간하자, 국어 교육계에서 여기에 관심이 집중되었다.

한편, 저자는 동학을 규합해 1998년, '한국 화법학회'를 새로 창립 발족시키며 마침내 학문의 실질적 발전을 도모하고, 동시에 화법을 보다 깊이 연구할 수 있는 학계 분위기를 조성하였다. 저자는 스피치 및 화법 관련 저서를 꾸준히 출판해 오는 중에 교학사에서『고등학교 화법』교과서를 내고, 방송통신대학에서 대학 교재『국어화법』을 낸 뒤 심기일전하여『화법 개설』을 출간, 그러자 이 교재가 2004년 학술원 선정 '우수학술도서'의 가림을 받았다. 매우 기쁘고 감동 또한 크다. 또, 이보다 앞서『오늘을 사는 화법』,『신 국어화법론』,『표준 한국어 발음사전』등도 각각 문화관광부 추천, '우수학술도서'의 목록에 올랐다. 현시점에서 저자는 지난 세월을 돌아보고 60년 넘게 각계 각층 초청으로 출강할 때마다 활용한 '스피치 강의' 카드를 배열해 놓고, 새로운 관점에서 요약 정리한 끝에, 강의 에센스 만을 뽑아 한 권의 새 책을 만들고 보니 감회가 새롭다.『스피치 아트, 우리말 화법』을 필요로 하는 독자 여러분에게 이 책을 기쁜 마음으로 소개한다.

『신념 이야기』 Claude Bristol, 전영우 역, 한국문학신문, 2022.7

번역자 후기後記

본서는 *The Magic of Believing*의 번역서이다. 저자 Claude Bristol

1891~1951은 언론사 기자를 거쳐 투자 회사 임원을 지낸 사람이지만 원저는 1948년 당시 라디오 방송 내용 등을 정리한 것이다. 출판 이래 매우 평판이 좋아 오늘까지 미국 및 세계 각지에서 수 없이 많은 중판을 거듭해 왔다. 이 책과 함께 *TNT, The Power Within You*의 두 책을 남기고 그는 세상을 떠났으나 그 업적은 일반적으로 획기적인 것으로 사계斯界는 보고 있다. 지금 널리 알려진 심층深層 심리의 위력을 우리가 실 생활에 이용하면 보람 있게 우리가 성공의 일생을 보낼 수 있도록 그 실천 요령을 쉽고 유익하게 소개한 실례 중심 내용이 매우 특징적이다. 심층 심리는 오늘날 세계적 관심을 모으고 있는 분야로, 여러 방면에서 전문가 연구 및 실험이 거듭되고 있으나 어느 쪽인가 하면 매우 다루기 힘든 대상으로 알려지고 있다.

그러나 브리스톨은 이 방면에서 밝고 즐거운 실용법을 발견했다. 이것은 미국적인 실용주의 나라에서만 성장이 가능했던 일이지만 여전히 범 세계적으로 놀라운 관심 분야 임이 분명하다. 현재 본서로 영향받은 사고 방식은 '후론티어' 정신 및 '프래그머티즘' 등과 함께 미국 사상의 클래식으로 오래도록 발전할 것으로 전망된다. 브리스톨 이후, 특히 미국 캘리포니아 주에서 그 사고思考의 흐름은 물 방울이 대지를 적시듯 넓게 퍼져 나가고 그 운동과 저술은 앞으로도 여전히 우리의 중요한 관심사가 될 것이다.

『토크 조크 ─ 미국 유럽 조크 기행』 전영우 편역, 한국문학신문, 2022.7

　모든 우스개를 조크JOKE로 본다. 사실 남을 웃게 하려고 하는 말이나 이야기가 조크이면 유사한 다른 말은 유머 또는 위트라 할 수 있다. 하지만 이쪽에서 던진 조크가 저쪽에서 받아들여지지 않으면 벌써 조크가 아니다. 따라서 대화가 상대적인 것처럼 조크도 상대적이다. 내가 한 조크가 반짝 살아나려면 상대의 공감이 반드시 따라야 한다. 나와 너, 시간 및 공간, 그리고 정황이 모두 조화를 이루어야 가능하다. 그래서 농담이 자칫 오해와 곡해를 가져와 반목과 불신을 초래할 수 있다. 조크의 공과 과를 헤아리고 이를 논의하는 것이 순서라고 본다. 그러나 '웃는 낯에 침 뱉으랴'는 속담은 모든 우스개를 호의적으로 받아들이는 공감대가 우리 의식 가운데 이미 있어 옴을 시사한다. 그러므로 부분적인 예를 일반화하는 우愚를 범할 필요는 없다.

　유머는 집안 층계에서 넘어지지 말라고 아내에게 주의 주고 있을 때 동시에 자기가 넘어지고 마는 현상과 같다. 고통은 모든 사상보다 깊고 웃음은 모든 고통보다 높다. 가령, 한 사람이 특별한 소질을 가졌고 그 소질을 위해 정신, 감정, 재치 등 융합이 한 방향으로 흐르면 그때, 유머 요소가 잉태된다고 할 수 있다.

　그러면 유머는 무엇일까? 자기 사랑과 거드름이 함께 자라 어리석음을 녹인 뒤 피어나는 말의 꽃이라고 생각한다. 여기 유머 원형이 있다. 자기 사랑은 단순한 기질이 아니고 외골수의 특질이며 거드름은 유머 특유의 한낱 어리석음이다. 어리석음은 어떠할까. 성서에 보면, "신은 지혜 있는 자를 부끄럽게 하기 위해 이 세상의 어리석은 자를 뽑았고, 강한 자를 부끄럽게 하기 위해 이 세상의 약한 자를 뽑은 것이다. " 『고린도전서』 1장 27절

그러므로 얼핏보아 어리석은 자의 말 속에 참된 영지英智가 잠겨 있음을 알게 된다. 이렇게 생각하면 남의 어리석음을 비웃는 일은 결국 자기 자신의 어리석음을 비웃는 결과로 이어진다. 또 약간의 지식을 코에 걸고 젠 체하든가 또는 궁극적으로 하찮은 일을 진지하게 생각하는 것은 그 자체가 골계滑稽이고 웃음의 씨앗이 되는 것이다. 하물며 사물을 제대로 알지 못하면서 아는 체하는 어리석음 이야 말로 조크와 유머의 좋은 소재 밖에 될 수 없음은 물론이다. 일상 대화에서 사실 비속어卑俗語가 유머일 경우가 있기도 하지만 우리는 평소 감정의 굴곡으로 인해 본의 아니게 막말과 함께 격정의 토로를 서슴지 않을 때가 있다. 어떻게 하면 좀더 세련되고 격조 있는 품위를 대화에 녹이고 교양을 갖추게 될 것인가? 이를 풀어가는 방법의 하나로 조크를 선택 미국, 영국, 프랑스의 경우를 살펴본 것이 이 책의 애당초 기획이다. 우리나라 국어 교육에서 '화법'체계를 처음 자리 매김한 처지이지만, 이 책은 웃음의 실체를 유럽에서 찾아본 것이다. 우리와 공통되는 부분도 많지만 또 차이점도 많다. 독자에게 유머 정체를 파악하는데 일조가 될 수 있다면 역자로서 큰 다행이라 하겠다.

『배우의 연기 수업』 역락, 2023.9

'배우 수업'은 배우 지망생이 온 몸으로 학습하는 과목이다. 그가 매일처럼 연습을 거듭하고, 또 실제 연극 경험을 몇 년씩 쌓아올려야 비로소 연기가 그에게 숙달되는 특징을 가지기 때문이다. 산처럼 쌓인 심리학, 사회학, 미학적인 새 사조思潮의 주장 속에 자기 자신을 파묻고, 소극적으로 우왕좌왕하면 대담하고 신선한 개성적인 감수성을 살릴 수 없고, 한편, 고된 배우의 일상 훈련을 저버려도 연기의 폭을 넓힐 수 없다. 물론 배우가 자기 예술적 국면을 분명히 자각한 토대 위에 지적 세계로 들어간다면 그것은 또 다른 문제이다.

이런 관점에서 목표를 설정하고, 배우 술 강의 및 실습용 교재를 꾸몄다. 먼저 시급한 것은 배우는 누구나 자기 자신의 마음과 몸을 잘 이해 파악하는 일이다. 그러나 저자는 신인 배우에게 연극론 등을 많이 읽지 말라고 종용한다. 열정이 식어버린 지적인 교양보다 열정이 살아있는 신인 배우가 더 큰 경쟁력을 가질 수 있기 때문이다. 연극을 분명히 체험한 토대 위에 지식 세계로 들어간다면 아무 무리가 없을 뿐 아니라 이는 크게 필요한 일이기도 하다. 이때문에 배우 술 강의 및 실습용 교재로 이 책 목차를 확정했다. 그리고 저자 방식에 따라 다만 적절하게 그 내용을 정리 배열하였다. 이 책을 쓰며 동시에 머리에 떠 올린 것은 저자가 직접 수업을 담당했던 1960년대 초기 남산에 위치한 드라마 센터 아카데미와 서울 연극학교 재학생들이다. 당시 아카데미를 기획 창립한 우리나라 현대 연극의 선각 동랑東郎 유치진柳致眞님의 부름을 받고 저자는 그 곳에 출강 비록 7년 밖에 안 되는 짧은 기간이지만 정성을 다해 '화법'을 담당하였다.

현재, 우리나라 연극계에서 중진으로 활약하는 기라성 같은 연극 지도자들에게 한 때나마 일부 수업을 맡았던 일을 저자는 생애의 기쁨이요, 큰 보람으로 기억한다. 그 무렵 저자는 연극 학생 대상의 연극 입문서를 따로 준비하기도 했지만 결실을 보지 못하다가 이 번에 작지만 연극 입문서를 새로 상재上梓하니 그 감회가 새롭다. 그 후, KBS-TV, MBC-TV, 동국대, 중앙대, 국립극단, 실험극장 등에서 반짝이던 눈망울의 배우 지망생을 가르치던 일이 주마등처럼 스쳐지나간다. 영광스러운 기억은 본인의 1968년, '동랑 연극상' 수상이다. 당시 저자는 수상자로서 분에 넘치는 일이었다. 때 늦은 감은 있지만 오늘2023에 와서 그때 작업하던 내용을 새 책으로 마무리하게 되니 아무래도 꿈만 같다. 우리나라 연극 교재로 러시아의 스타니슬라프스키『배우술』이 오사량吳史良 님 번역으로 선보인 일이 기억나지만 당시 저자는 일본 배우요, 연출가인 센다 고래야千田是也, '근대 배우술'에 관심을 가지고 틈틈이 번역, 이를 근간으로 삼고, 이에 저자 화법을 접목한『배우의 연기 수업』을 오늘 신간으로 내게 되니 매우 기쁘다. 이 책이 아무쪼록 우리 연극 학도와 연출가들에게 좋은 길잡이가 될 수 있다면 저자에게 더 없는 영광이 되겠다.

『아리스토텔레스의 레토릭 ─ 설득의 변론 기술』

전영우 역, 대원사, 2024.4.5

1950년대 미국의 스피치 연구에 관심을 가지면서 우선 해롤드 젤코Harold P. Zelko의 저서 『유능한 화자가 되는 방법』을 우리말로 옮겨 1962년 을유문화사에서 구미歐美 신서 42집으로 출판하고 동년 대학원에서 「구미 스피치 교육사 연구로」로 석사를, 1989년 「한국 근대 토론 사 연구」로 박사 학위를 취득한 역자는 1998년 '한국 화법 학회'를 창립, 학계에서 동학을 규합했다. 회원들의 연구 열의는 대단하나 내용을 살펴볼 때 스피치 원전原典에 대한 연구가 소홀함을 깨닫고 아리스토텔레스의 『레토릭』을 번역하기로 결심했다.

이 분야가 우리나라에서 단지 '수사학'이라 알려져 오지만 사실상 '변론법'의 의미가 보다 더 강하다고 생각한다. 변론가, 웅변가, 연설가 등의 교재로 오랜 동안 각광을 받아온 원전이 바로 '레토릭'이기 때문이다. 오늘날 '스피치 커뮤니케이션' 연구에 관심 갖는 학계와 교육계 인사는 물론 법조계, 정계, 종교계 인사들이 참고해야 할 고전 필독서이기에 흔연히 '레토릭' 번역에 착수한 것이다. 저자가 참고한 원서는 이미 1차로 번역된 영문 판과 일문 판이므로 이 번역본은 이중 번역이 된다. 하지만 넓고 깊은 아리스토텔레스의 『레토릭』 탐구에 다만 감탄의 소리가 절로 나온다. 기원전 384~322년의 아리스토텔레스가 이 책을 어떻게 썼을까 하는 감동마저 자아낸다.

그는 변론법을 "어떤 경우에도 각각의 사례에 적용 가능한 설득 방법을 창출해내는 능력"이라고 정의하고, 플라톤의 경험에 의한 '능숙함'이라는 종래의 변론법도 그 성공의 원인을 관찰 방법화 해 '레토릭'을 '기술'로 성립시켰다. 바로 이 책이 후세의 '변론법', '수사학'에 크나큰 영향을 미친 '그리스 변론법'의 정수라 보겠다. 옛 현자의 원전을 찾아 음미, 저작, 반추하는 일이 곧 미래 지향적인 학구 태도라는 데 의견을 같이 한다면 이 레토릭은 벌써 그만큼 무게와 가치를 더한다. 일부 장, 절이 수사법이라 하여 전체를 '수사학'이라 명칭 붙이는 일은 성급하다. 오히려 '변론법'이라 이름 붙이는 편이 합리적이고 타당하기 때문이다. 이 문제는 일단 원전을 읽고 난 다음에 재논의해도 늦지 않을 것이다.

저자의 무딘 붓끝이 행여 원저자 아리스토텔레스의 본래 의도에 유리되거나 왜곡되는 일이 있다고 하면 그것은 전적으로 역자의 허물이 될 것이다. 저자에게 많은 도움을 준 양국의 1차 번역자들에게 고마운 뜻을 표한다. 『아리스토텔레스의 레토리케』가 원제명이지만 그리스어 '레토리케'를 영어 '레토릭'으로 바꾸었다. 그리고 부제로 「설득의 변론 기술」을 덧붙였다. 말하자면 이 책은 변론과 설득의 지혜를 우리에게 가르쳐 줄 것이기 때문이다.

『설득의 레토릭』 소명출판, 2025.2

대학에서 저자는 국어 교육을 전공하고 당시 국어 교육의 문제점을 확인한 후, 유럽 스피치 분야에 관심을 기울여 1962년 국제 스피치학회 SAA 학회원으로 정식 가입, 이 학문 분야를 개척, '유럽 스피치 교육사'로 석사 논문을 쓰고, 곧이어 '한국근대 토론사 연구'로 박사 논문을 썼다.

저자는 아리스토텔레스의 『레토릭』을 우리말로 옮겨, 종전 우리 사회에서 아무 거리낌 없이 '수사학'이라 일컬어 온 용어를, 이 경우 일단 '변론법'이라 바꿔 놓는데 주저하지 않았다. 3권에 가서야 '표현 방법과 배열'이라고 비로서 이른바, '수사학'을 다루고 있기 때문이다. 말하자면 그 일부가 수사학임에도 불구하고 전체를 성급하게 '수사학'이라 이름 붙인 종전의 입장을 불합리하게 생각한다. 이때 아리스토텔레스가 말한 에토스^{ethos}는 변론자의 인격이요, 파토스^{pathos}는 변론자의 인격적 호감도이며, 로고스^{logos}는 변론자의 지적인 식견識見일 것이다. 따라서 변론자는 첫째, 자타가 공인할 수 있는 고매한 인격을 갖추고, 둘째, 청자 및 청중으로부터 받는 인성적 호감도를 높이며, 셋째, 변론자가 갖는 지적인 호소력을 갖출 일이다. 이 고전古典에 바탕을 둔 본 저서는 고등학교 학생을 위한 스피치 입문 단계, 대학생을 위한 정착 단계, 일반인의 교양을 위한 심화 단계로 내용을 나누어 저술하였으며, 동시에 유럽 스피치 분야를 이입移入 수용하고, 우리나라 국어교육 한 분야 '화법'이 점차 학술적 자리 매김이 가능할 수 있도록 저자는 내용을 세심하게 배려하게 되었다.

이 가운데 특히 저자는 '화법'의 기능적인 측면을 중점으로 다루어 설명, 설득, 보고, 환담 등으로 내용을 축소 한정하고 수준별 단계별로 화법 능력 향상에 독자 층이 실질적 도움을 받을 수 있게 책의 얼개를 짰다. 지금까지 알려진 대화, 토의, 토론, 회의 등의 화법 유형보다 쉽게 독자가 화법 기능에 접근하여 우리 실생활 언어 표현에 직접 도움을 받을 수 있게 내용을 꾸몄다. 그리고 우리 사회 '소통 문화' 향상에 실질적이고 학술적인 발전을 도모할 수 있게 하기 위해 일찍 1998년 스피치 곧 화법 동학이 뜻을 모아 우리나라에서 처음 '한국 화법학회'가 이미 서울에서 창립, 연구 활동에 들어가 있음을 알리고 자 한다.

마무리하는 말

앞에서 말했지만 재벌 그룹 연수원 초청의 출강 기회가 오면 저자는 막중한 책임감을 느끼고 이에 따른 준비에 만전을 기하느라 백방으로 노력을 기울였다. 이때 머리에 떠올린 생각은 강연틀은 일정하더라도 강연 내용은 가능한 대로 새로운 실례를 많이 포함해야 하겠다는 입장을 고수하는 일이었다. 그 한 가지 사례가 바로 외국 수입輸入 도서에서 새 아이템과 새 정보, 새 아이디어를 얻고자 노력한 자세이다. 입수가 가능한 외국 도서의 열독閱讀 및 숙독熟讀이 곧바로 뒤를 이었다. 지금 돌이켜보면, 외국 발간 교양서 가운데 주로 문고文庫판일 경우가 많았지만 한 책에서 보통 둘이나 셋 정도의 실례를 획득할수 있었고 이때 저자는 기쁨과 보람을 만끽했다.

당시, 명 강의로 소문난 명 강사가 여러분 있었지만 거의 공통으로지적 받은 흠결이라면 "녹음기를 틀어 놓은 듯이"강사가 한 말을 또하고, 되풀이 반복하더라는 연수硏修 실무진의 솔직한 평가이다. 저자역시 이런 흠결을 지니게 되면 어떻게 할까 하는 우려 때문에 그런노력을 게을리할 수 없었다. 그러므로 강의 내용은 같더라도 실례實例같은 것을 평소 새롭게 준비하기 일쑤였다. 그래서 그런지 저자는 그와 같은 흠결을 보이지 않을 수 있던 것 같다. 그만큼 다행이라 생각했다. 그때마다 독서 후에 공감共感 부분을 따로 메모해 두자, 그것이강연에 큰 도움을 주게 된 것이다. 당시에는 강의 강연에 도움을 받았지만, 오늘에 와서는 그것이 저자의 실 생활에 큰 활력소를 제공하고 있다.

그 당시 메모들이 오늘 저자 평소 생활에도 삶의 금언金言이 될 경우가 많다. 그동안 저자가 써 온 저서著書 및 역서譯書가 일생一生 일업一業처럼 한 가지, '스피치 곧 화법話法'으로 일관되어 저술에 깊이를 더하게 하고 있다. 매우 뜻 있는 일이다. D. Carnegie의 저서를 보면, '실례實例를 많이 인용 설명하는 방법'이 화법에 가장 좋은 효과를 가져온다고 말하였다.

저자 저 · 역서(출간순)

1   해롤드 젤코(Harold P. Zelko), 전영우 역, 『구미(歐美)신서 42집 '화술(話術)의 지식'』, 을유문화사, 1962.4.
2   『스피치 개론』, 문학사, 1964.3.
3   『화법 원리』, 교육 출판사, 1967.2.
4   『현대인의 화술. 유쾌한 응접실』, 삼중당, 1968.12.
5   주디스 월러(Judith C. Waller), 전영우 역, 『방송 개설』, 한국교육공사, 1970.6.
6   『젊은 여성의 화법』, 창조사, 1982.1.
7   『국어화법론』, 집문당, 1987.5.15.
8   『대화의 에티켓』, 집문당, 1988.1.
9   「한국 근대 토론의 사적(史的) 연구」, 일지사, 1991.
10 창조 신서 『교양인의 화법』, 창조사, 1993.
11 『바른말 고운말』, 집문당, 1994.9.1.
12 전영우 외, 『고등학교 화법 – 문교부 검정 교과서』, 교학사, 1996.3
13 『대화의 미학』, 집문당, 1997.12.
14 『신 국어화법론』, 태학사, 1998.
15 『토론을 잘하는 법』, 기획출판 거름, 2003.5.
16 『토의 토론과 회의』, 집문당, 2003.5.
17 『설득의 비즈니스』, 역락, 2003.9.
18 『귀담아듣는 언어생활』, 민지사, 2005.4.
19 『표준 한국어 발음사전』 최신증보5판, 민지사, 2007.3(2002년도 문화관광부 선정 우수학술도서).
20 『표준 한국어 발음 소사전』, 개정보급판, 민지사, 2007.10.9.
21 『회의를 잘하는 법』, 민지사, 2010.3.
22 고르기아스, 전영우 역, 『소크라테스의 스피치 철학』 (상), 민지사, 2011.9.
23 전영우 역, 『프로타고라스, 파이드로스, 소크라테스의 스피치 철학』 (하), 민지사, 2012.4.
24 퀸틸리아누스, 전영우 역, 『스피치 교육 – 변론법 수업』, 민지사, 2014.12.
25 『바른 예절 좋은 화법 – 착한 인성의 품격』, 민지사, 2015.8.
26 『전영우 이야기 – 화법에 대하여』, 소명출판, 2017.
27 아리스토텔레스, 전영우 역, 『니코마코스 윤리학 – 바르게 사는 인간의 도리』, 대원동서문화총서, 대원사, 2018.

28   로이 유진 데이비스(Roy Eugene Davis), 전영우 역, 『CHANGE−환경을 뛰어 넘어 성공하는 힘』, 대원사, 2019.

29   『스피치 아트−우리말 화법』, 대원사, 2021.

30   Claude Bristol, 전영우 역, 『신념 이야기』, 한국문학신문, 2022.7.

31   전영우 편역, 『토크 조크−미국 유럽 조크 기행』, 한국문학신문, 2022.7.

32   『배우의 연기 수업』, 역락, 2023.9.

33   전영우 역, 『아리스토텔레스의 레토릭−설득의 변론 기술』, 대원사, 2024.4.5.

34   전영우, 『설득의 레토릭』, 소명출판, 2025.2.

찾아보기